소중한 _____에게

_____가(이) 선물합니다.

_____

죄와 벌

도스토옙스키 지음

톨스토이와 함께 19세기 러시아 문학을 대표하는 세계적인 대문호입니다.
처녀작 「가난한 사람들」을 발표하면서 이름이 널리 알려졌으며, 페트라셰프스키
사건에 연루되어 사형 선고를 받았으나 황제의 특사로 죽음을 면하고 시베리아
옴스크 감옥에 유배되기도 했습니다. 주요 작품으로 「죄와 벌」 「학대받는 사람들」
「백치」 「미성년」 「악령」 「네트치카 네즈바노바」 등이 있습니다.

권태문 엮음

경북 안동에서 태어나, 매일신문 · 서울신문 신춘문예에 각각 동화가 당선되어
작품 활동을 시작했습니다. 한국아동문학인협회 부회장을 지냈으며 한국문인협회
이사 · 과천문인협회 회장으로 활동하였습니다. 그동안 장편 동화집 「바구니에 담은 별」,
단편 동화집 「거꾸로 자라는 소」 과학 동화집 「개미들의 뽀뽀뽀」와 「똑소리 나는
글쓰기 과외」 「똑소리 나는 논술 과외」 등의 책을 펴내. 한국아동문학상 · 세종아동
문학상 · 소천아동문학상 · 박홍근아동문학상 · 율목문학상 등을 받았습니다.

2019년 8월 25일 2판 4쇄 **펴냄**
2011년 8월 20일 2판 1쇄 **펴냄**
2004년 9월 1일 1판 1쇄 **펴냄**

펴낸곳 (주)효리원
펴낸이 윤종근
지은이 도스토옙스키
엮은이 권태문 · **그린이** 전기윤
사진 제공 중앙포토
등록 1990년 12월 20일 · **번호** 2-1108
우편 번호 03147
주소 서울시 종로구 삼일대로 457, 1206호
대표 전화 02)3675-5222 · **편집부** 02)3675-5225
팩시밀리 02)765-5222

ISBN 978-89-281-0122-1 64890
홈페이지 www.hyoreewon.com

죄와 벌

도스토옙스키 지음

권태문 엮음 / 전기윤 그림

 효리원
hyoreewon.com

『죄와 벌』은 러시아의 문학가 도스토옙스키의 대표작이다.

그가 1866년에 발표한 이 명작은 인간이 겪는 갈등과 가치관의

혼란에 대해 썼기 때문에 읽고 또 읽으면서 천천히 곱씹어

보아야 이야기의 참맛을 느낄 수 있는 깊이 있는 작품이다.

등장인물들의 대화와 생각을 펼쳐 가는 데 조금 지루한 점이

있고, 살인 사건이라 추리 소설 같은 느낌도 들지만, 누구나

한 번은 꼭 읽어야 할 불후의 명작이다.

주인공 라스콜리니코프는 착하고 동정심이 강한 사람이다.

그러나 성격이 조금 병적일 정도로 어떤 일에 너무 치우치는

면이 있다. 그래서 '이'와 같이 해로운 사람, 다시 말하면 높은

이자를 받아 돈놀이를 하는 전당포 주인 할머니를 죽인다.

사람을 죽인 것이 아니라 피도, 인정도 없으며 오직 돈밖에

모르는 '이'를 죽였다고 생각한다. 그러나 곧 보잘것없는 자신을

발견하고는 죄를 고백하며 자수한다. 이것은 술집에 나가는
소냐를 알게 된 후 소냐가 살아가는 모습에 감명을 받았기
때문이다.

라스콜리니코프는 시베리아에서 감옥 생활을 하면서 소냐의
참된 사랑을 믿게 된다. '사랑은 참고 기다리는 것.' 이것이
진리라는 것을 그가 마침내 이해하고 깨닫게 된 것이다.

'가장 학대받고 가장 신분이 낮고 천한 사람도 역시 사람이다.
이런 사람들도 형제다.'

도스토옙스키는 이 글에서 이렇게 말하고 있다.

이 글이 발표된 때의 러시아는 풍요로운 생활을 하는 귀족들과
가난에 허덕이는 농민과 도시 빈민들, 새로운 세상을 꿈꾸는
지식인들로 무척 혼란스러웠다. 그는 이런 사회 모습을
이 작품에 담았다. 그것은 뜨거운 인류애와 평등한 사회를
꿈꾸는 작가가 품고 있는 생각인지도 모른다.

등장인물들의 이름이 길고, 본래의 이름과 애칭으로 부르는
이름이 번갈아 나와 헷갈릴 수 있다. 이 점을 생각하면서 읽으면
이해가 조금은 빠를 것이다.   엮은이 권태문

| 차례 |

페테르부르크의 뒷골목

7월 초, 바람 한 점 없는 방은 펄펄 끓는 도가니 같았다.
푹푹 찌는 더위는 사람들을 밖으로 내몰았다.
해질 무렵 한 젊은이가 하숙방에서 내려오고 있었다.
그의 이름은 라스콜리니코프인데 로지온 로마노비치,
또는 로쟈라고도 불렀다. 하숙방은 5층 꼭대기에 있는 좁은
다락방이었다. 그가 집 밖으로 나오려면 안주인의 부엌 앞을
지나야만 했다. 라스콜리니코프는 안주인을 보기가 겁났다.
하숙비가 여러 달 밀렸기 때문이다. 안주인은 눈만 마주치면
밀린 하숙비를 독촉했다. 라스콜리니코프는 그 소리를 듣는

것이 두려웠다. 그래서 안주인과 마주치기가 싫었다.

그러나 오늘은 다행히도 안주인과 마주치지 않고 밖으로 나올 수 있었다. 그는 천천히 다리 쪽으로 걸어가기 시작했다.

'내가 왜 안주인을 피해야 하지? 무슨 큰 죄를 지었다고? 밀린 하숙비쯤이야 어머니가 돈을 보내 주시기만 하면 다 해결되는데. 그리고 앞으로 큰일을 할 내가 이런 하찮은 일로 겁을 집어먹다니.'

라스콜리니코프는 걸어가면서 자꾸 히죽히죽 웃었다.

생각만 해도 우스꽝스러웠다. 그는 역겨운 냄새가 풍기는 페테르부르크 뒷골목으로 접어들었다.

'인간이 할 수 없는 일은 하나도 없어. 다만 두려움 때문에 일을 망칠 뿐이지. 내가 왜 이렇게 어정거리지? 내가 정말 그 일을 할 수 있을까? 그 일은 정말 바르고 참된 일일까? 아니, 이건 다 부질없는 생각이야. 그저 장난일 뿐이지. 그래, 장난이야!'

라스콜리니코프는 소문난 미남이었다. 잘생긴 얼굴, 아름다운 검은 눈동자, 밤색 머리, 키가 후리후리한 몸매는 누구나 부러워했다. 그러나 그의 옷차림은 형편 없었다. 아마도 다른 사람이라면 이런 차림으로는 절대 거리에 못 나왔을 것이다.

라스콜리니코프는 이 뒷골목 사람들을 아무 까닭 없이
미워했다. 심지어 깔보고 업신여기기까지 했다.
그래서 자신의 초라한 옷차림이 전혀 창피하지 않았다.
또 그는 옆에서 일어나는 일에는 전혀 신경을 쓰지 않았다.
그는 계속 혼자 중얼거리면서 골목길을 걸었다. 그는 이틀
동안 아무것도 못 먹었기 때문에 몸이 아주 쇠약해진
상태였다. 그러나 그 일에 대한 계획만은 한 달이 지난
지금까지도 그의 머릿속에 생생하게 남아 있었다.
'나는 지금 그 계획을 예행 연습하러 가는 거야.'
이렇게 생각하며 걷자 자기도 모르게 점점 더 흥분되었다.
그 흥분은 걸음을 옮길수록 더욱 달아올랐다.
그가 지금 가고 있는 집은 방이 꽤 많았다. 그 방에는
삯바느질하는 사람, 열쇠 장수, 식당 종업원, 독일 사람,
술집에 나가는 여자, 하급 관리 들이 세들어 살았다.
이 곳에 사는 사람들은 두 개의 문으로 쉴새없이
드나들었다. 그래서 문지기가 지키고 있었다.
라스콜리니코프는 문 안에 들어서자 재빨리 오른쪽 계단으로
올라갔다. 계단은 좁고 어두웠다. 그는 아무도 만나지 않은
것이 참 다행스러웠다.

이삿짐을 꾸리는 사람들이 눈에 띄었다.

'그 독일 사람이 이사를 가는 모양이지? 그럼 4층에는

이제 전당포 할머니 혼자 살게 되겠군.'

라스콜리니코프는 4층에서 발걸음을 멈추었다.

그는 전당포 주인 할머니인 알료나 이바노브나 방의 초인종을

눌렀다. 문이 빠끔히 열리더니 할머니가 얼굴을 내밀었다.

그러고는 문 앞에 버티고 서 있는 라스콜리니코프를

아래위로 훑어보았다. 어둠 속에서 할머니의 눈이 반짝였다.

잠시 후 머리가 하얀 할머니가 문을 열었다. 밖에 사람들이

많았으므로 할머니가 마음을 놓은 모양이었다. 그가 방으로

들어가자 할머니는 수상쩍은 얼굴로 그를 빤히 쳐다보았다.

"저는 라스콜리니코프입니다."

라스콜리니코프는 고개를 살짝 숙여 인사했다.

"알고 있어요. 한 달 전에 여기 한 번 왔었지."

할머니는 여전히 라스콜리니코프를 경계하는 눈으로

바라보며 쌀쌀맞게 말했다.

"저번과 같은 일로……."

라스콜리니코프는 말을 더듬거렸다. 그는 조금 불쾌했다.

그러나 자기 계획을 위해서 꾹 참기로 마음먹었다.

라스콜리니코프는 속으로는 두려웠지만 태연한 척했다.
할머니는 잠시 무슨 생각을 하더니 거실로 들어가는 문을
열었다. 거실에는 칸막이가 있었는데 칸막이 너머는
부엌이었다. 라스콜리니코프는 방 안을 꼼꼼히 살폈다.
저물어 가는 햇살이 거실을 환하게 비추었다.
"무슨 일로 왔지?"
할머니는 여전히 의심스러워하며 물었다.
"전당 잡힐 물건을 가지고 왔습니다."
라스콜리니코프는 주머니에서 은시계를 꺼냈다.
"먼젓번 것도 이미 기한이 지났는데…….
바로 엊그제가 한 달이었어요."
"한 달 치 이자를 드릴 테니 조금만 연기해 주십시오."
"연기하든 팔아 버리든 그건 어디까지나 내 마음이지."
할머니는 여전히 차갑게 말했다. 하지만 그가 내민
은시계만은 요리조리 꼼꼼히 살폈다.
"별 볼일 없는 물건만 가져오는군. 1루블 반을 주지.
물론 이자는 먼저 제하고. 그래도 좋다면……."
"1루블 반이라고요?"
라스콜리니코프는 화가 치밀어올랐다.

그러나 꾹 참을 수밖에 없었다.

"그렇게 해 주세요."

라스콜리니코프는 무뚝뚝하게 대답했다.

할머니는 열쇠를 꺼내려고 오른쪽 주머니에 손을 넣은 채
옆 방으로 갔다. 라스콜리니코프는 호기심이 가득 찬
얼굴로 할머니가 장롱 여는 소리에 열심히 귀를 기울였다.

'틀림없이 맨 앞 서랍이야. 열쇠는 오른쪽 주머니에 넣었고.
큰 톱니 모양의 열쇠는 서랍 열쇠가 아니야. 그러니 분명히
보석함이나 궤짝 같은 것이 또 있을 거야.'

라스콜리니코프가 이렇게 생각하는 사이 할머니가 돌아왔다.

"이자를 뗀 1루블 15코페이카요. 자, 받아요."

"1루블 15코페이카라고요?"

"그래요. 계산이 틀렸나요?"

라스콜리니코프는 더 이상 따지기 싫어 그냥 돈을 받았다.

"할머니! 어쩌면 이삼 일 안에 또 하나 가져오게 될지도
모릅니다. 은제 담뱃갑이 있거든요."

"그건 그 때 가서 말해요."

전당포 할머니는 아주 냉정하게 딱 잘라 대답했다.

그녀는 돈밖에 몰랐으므로 인정이라고는 조금도 없었다.

"할머니는 늘 혼자이신가 봐요. 동생분은 어디 갔습니까?"

라스콜리니코프는 뒤돌아서다가 얼굴을 돌려 물었다.

"내 동생에게 볼일이 있나요?"

"아, 아니오. 그냥 물어 본 것입니다."

라스콜리니코프는 허둥대며 그 집을 나왔다.

'아! 이건 정말 말도 안 되는 일이야. 대체 이렇게 무서운

생각이 왜 내 머릿속에 떠올랐을까? 이건 무엇보다도 더럽고

추악하고 너절한 생각이야. 그건 정말 싫다. 나는 어쩌자고
한 달 동안이나 이런 무서운 생각에 사로잡혔을까?'
라스콜리니코프는 자신의 끔찍한 생각에 몸서리를 쳤다.
그는 술 취한 사람같이 비틀거렸다. 정신 없이 걷던 그는
어느 싸구려 술집으로 들어갔다. 이런 술집에는 처음이었다.
라스콜리니코프는 구석 자리로 가서 앉았다. 술집 안에는
술에 취해 꾸벅꾸벅 조는 사람, 고래고래 소리지르는 사람,
노래 부르는 사람 들이 있었다. 라스콜리니코프는 맥주
한 잔을 시켜 단숨에 들이켰다. 그러자 기분이 좀 가벼워졌다.
'맥주 한 잔이 이렇게 마음을 가볍게 하다니.
그렇게 허둥대지 않아도 될걸……'
그는 그제야 무거운 짐을 벗어던진 듯 가벼운 마음으로
사람들을 둘러보았다. 바로 그 때 퇴직한 관리 같아 보이는
사람이 라스콜리니코프에게 다가와 말을 걸었다.
"죄송하지만 저와 이야기를 좀 나누시지 않겠습니까?
저는 9등 문관 마르멜라도프입니다. 실례지만 어느 직장에
다니십니까?"
"저는 아직 학생입니다……."
"아, 대학생이시군요."

마르멜라도프는 제법 엄숙하게 말을 늘어놓았다.

"선생! 가난은 죄가 아니라는 말이 진리이듯, 술에 취하는 것이 좋은 행동이 아니라는 것쯤은 저도 다 압니다. 하지만 빌어먹어야 할 정도의 가난은 죄악입니다!"

마르멜라도프는 큰 소리로 외쳤다. 술집 안에 있던 술꾼들의 눈길이 죄다 이리로 쏠렸다.

"어이, 떠버리! 자네는 관리라면서 왜 관청으로 출근하지 않고 술집으로만 출근하는 건가?"

술집 주인이 놀려 댔다.

"왜 출근을 안 하냐고? 그럼 떠돌이가 된 제 마음이 편할 거라고 생각하십니까? 당신은 갚을 길이 전혀 없는데도 돈을 빌리러 가 본 적이 있습니까? 인간은 누구나 찾아갈 곳이 한 군데쯤은 있어야 되지 않겠습니까? 저는 우리 딸 소냐가 거리에서 웃음을 판 돈으로 살아간답니다. 저는 짐승 같은 사람이지요. 그러나 제 마누라 카테리나 이바노브나는 다릅니다. 제 마누라는 고상하고 교양 있는 집안 출신이랍니다. 원래 제 마누라는 장교의 부인이었죠. 그런데 아이를 셋이나 낳은 뒤 남편이 죽은 거예요. 그 후 열세 살짜리 딸이 있는 저와 결혼을 했습니다. 저는 운이 없었나 봅니다. 관청에서 그만 쫓겨났거든요. 그 후 저는 가난해지기 시작했습니다. 하지만 얼마 전 새 직장을 얻었어요. 그리고 월급도 탔지요. 제가 월급을 갖다 주었을 때 제 마누라가 얼마나 기뻐했는지! 그런데 닷새 전 저는 남은 월급을 몽땅 훔쳐서 집을 나왔습니다. 그리고는 전부 마셔 버렸지요. 저는 마누라 양말까지도 술로 바꿔 마셔 버렸답니다. 지금은 불쌍한 내 딸을 찾아가 뜯은 돈으로 이렇게 술을 마신답니다. 선생! 제가 불쌍하지 않습니까?"

마르멜라도프의 말을 듣던 술집 주인과 술꾼들은 킥킥대며 웃음을 참지 못했다.

"비웃어도 할 수 없죠. 손가락질 받아도 할 말이 없습니다."

"뻔뻔스러운 놈! 딸을 팔아서 술을 마시는 놈이 이 세상에 어디 있나? 저런 놈은 죽어도 아깝지 않아."

술꾼들은 욕을 마구 퍼부었다. 그런데 마르멜라도프는 그런 욕이 오히려 마음을 후련하게 하는 듯 빙글거리며 웃었다.

그는 이젠 너무 취해 몸도 제대로 가누지 못했다.

라스콜리니코프는 마르멜라도프를 집까지 데려다 주었다.

"여보! 미안해. 정말 잘못했어."

마르멜라도프는 문 밖에서 두 손을 비비며 아내에게 빌었다.

"도둑놈! 악당! 이제야 돌아왔구나! 내 돈 어디 있어?
그게 어떤 돈인데! 이 짐승 같은 인간아, 또 마셔 버렸구나!
몽땅 마셔 버렸어. 냉큼 나가지 못해!"
마르멜라도프의 아내가 후닥닥 뛰쳐나와 남편에게 달려들며
악을 썼다. 방에 있던 아이들은 겁에 질려 마구 울어 댔다.
"당장 여기서 나가요! 도대체 시끄러워서 살 수가 있어야지."
여주인까지 소리를 지르는 바람에 밖은 더 소란스러워졌다.
라스콜리니코프는 못 볼 것이라도 본 듯 눈을 감고 말았다.
'가난이라는 것이 이렇게도 비참한 걸까?'
라스콜리니코프는 전당포에서 받은 돈을 몽땅 꺼내 살그머니
책상 위에 올려놓고 나왔다. 그는 집으로 돌아오면서 자기
행동을 곱씹어 생각해 보았다.
"내가 왜 그랬을까? 내가 미쳤어. 땡전 한 푼도 없는 주제에
그 돈을 다 주다니……."
라스콜리니코프는 자기의 행동을 후회하고 또 후회했다.
이튿날 라스콜리니코프는 아침 늦게야 잠에서 깼다.
"어서 일어나요. 계속 잠만 잘 거예요?"
주인집 하녀 나스타샤가 라스콜리니코프를 흔들었다.
그는 나스타샤에게 동전을 주며 부탁했다.

"흰빵을 좀 사다 줘."

나스타샤는 얼른 나가 빵과 야채 수프를 가져왔다.

라스콜리니코프가 빵을 먹기 시작하자 나스타샤는

그 옆에 걸터앉더니 수다스럽게 지껄여 댔다.

"주인아주머니가 당신을 경찰에 고발하겠대요."

"왜?"

라스콜리니코프는 눈살을 찌푸렸다.

"방세도 안 내고 다른 데로 옮기지도 않으니까요."

"정말 못 견디겠군. 지금 내 형편이 곤란하다고 이래도

되는 거야? 이건 너무 심한 것 아니야?"

라스콜리니코프는 어금니를 갈며 중얼거렸다.

"매일 빈둥빈둥 놀면서 아무 일도 하지 않는데 방세가

저절로 생기나요? 전에는 가정 교사를 하러 다니더니

요즈음은 어떻게 된 거예요?"

"하고 있지……."

라스콜리니코프가 퉁명스럽게 말했다.

"뭘 하고 있는데요?"

나스타샤는 궁금한 게 많았다.

"그냥 일."

"정확히 무슨 일이냐고요?"

"생각하는 일이지."

뚱딴지 같은 말에 나스타샤는 까르르 웃었다.

라스콜리니코프는 아무 말도 하지 않았다.

"그렇게 생각만 하고 있으니까 금송아지라도 나오던가요?"

나스타샤는 짓궂게 물으며 또 웃었다.

"애들을 가르치러 가자니 구두가 있어야지. 아니야, 구두가
있어도 가기 싫어. 이젠 가정 교사 일이 진저리가 나거든."

"그런 말은 누워서 침 뱉기와 같아요."

"가정 교사를 해 봐야 푼돈밖에 더 되겠어. 이젠 그런 일이
시시하단 말이야."

"그럼 당신은 단번에 한밑천이라도 잡을 거예요?"

그는 잠시 잠자코 있더니 갑자기 단호하게 말했다.

"그래, 한밑천 잡을 거야! 단번에!"

"살살 말해요. 깜짝 놀랐잖아요. 참, 어제 편지가 왔어요."

나스타샤는 편지 한 통을 내밀었다. 어머니가 보낸 편지였다.

라스콜리니코프는 나스타샤를 얼른 내보낸 뒤 단숨에 편지를
읽어 내려갔다. 편지에는 사랑하는 누이동생 두냐가 가정
교사 자리를 불미스러운 오해 때문에 그만두었으며,

곧 마흔다섯 살이나 된데다가 별로 배우지도 못한 7등 문관
표트르 페트로비치 루진과 결혼을 하기로 했다고 쓰여
있었다. 또한 루진이 라스콜리니코프가 있는 곳에서 공공
변호사 사무실을 열 계획이며, 그가 라스콜리니코프에게
일자리를 줄 마음이 있다는 사실을 어머니는 무척 감사해하며
편지에 구구절절이도 써 놓았다. 그리고 곧 루진이 이 곳으로
찾아와 라스콜리니코프를 만날 것이며, 어머니와 누이동생도
뒤따라 올 계획이라고 했다.

라스콜리니코프는 눈물을 흘리며 편지를 읽어 내려갔다.
편지를 다 읽은 그의 얼굴은 몹시 창백해지더니 경련을
일으키며 일그러졌다.

"두냐! 안 돼. 루진 같은 놈과 결혼하면 절대로 안 돼.
너는 네가 그와 결혼하면 그가 나를 도와 줄 거라고 생각하는
거지? 하지만 나 때문에 네 인생을 희생시켜서는 안 돼."

라스콜리니코프는 미친 듯이 울부짖었다. 비좁은 방이
답답해서 견딜 수가 없었다. 그는 무작정 밖으로 뛰쳐나갔다.
이번에는 계단에서 누구를 만날까 봐 두려워하지도 않았다.
라스콜리니코프는 걸으면서 자기 자신에게 중얼중얼 말을
하다가 소리 높여 외치기도 했다.

기어코 해치운 살인

라스콜리니코프는 어머니의 편지 때문에 괴로웠다.

"내가 살아 있는 한 이 따위 결혼은 안 시킨다. 절대로!"

그는 몸을 부르르 떨며 몇 번이고 중얼거렸다.

갑자기 대학 때 친구였던 라주미힌이 떠올랐다.

라스콜리니코프에게는 친한 친구가 거의 없었다.

그런데 라주미힌과는 왠지 마음이 통했다.

'라주미힌에게 가서 일자리를 부탁해야겠어. 아니, 내가 지금
뭘 하는 거지? 남의 힘을 빌려 문제를 해결하려고 하다니!'

라스콜리니코프는 마음이 약한 자신에게 침이라도 뱉고

싫었다. 자기 자신이 싫어서 견딜 수가 없었다.

그는 정신 없이 거리를 쏘다녔다.

"어, 저 여자는 전당포 할머니의 동생 리자베타 아니야?"

라스콜리니코프는 한 여자를 보고 발걸음을 멈추었다.

그 여자는 어느 가게에서 주인과 이야기를 나누고 있었다.

라스콜리니코프는 다른 데를 보는 척하면서 그들이 주고받는

말을 모두 엿들었다.

"알았어요. 내일 저녁 7시에 올게요."

리자베타는 가게 주인에게 이렇게 약속하고 가게를 떠났다.

'바로 이 때야. 계획한 일을 치르기에는 절호의 기회다. 이건

너무나도 중요한 정보야. 내일 7시면 리자베타는 집을

비운다. 그러면 전당포에는 주인 할머니 혼자 남게 된다!'

라스콜리니코프는 은밀한 미소를 지었다. 그는 천천히

하숙집으로 발걸음을 돌렸다. 하숙집으로 돌아온 그는

소파에 몸을 파묻고 잠이 들었다. 그는 다음 날 오후까지

하루 종일 자다 깨기를 반복했다. 그런데 문득 시계 치는

소리를 듣고는 자리에서 벌떡 일어나 앉았다.

"벌써 6시가 다 되어 가네. 이거 큰일났군."

라스콜리니코프는 소스라치게 놀랐다. 일을 해야 할 시간이

얼마 남지 않아 너무 당황스러웠기 때문이다. 그는 소파
밑에서 담뱃갑만한 물건을 꺼내 주머니에 넣었다.
그러고는 살금살금 발소리를 죽이고 계단을 내려가기
시작했다. 그는 마지막으로 집을 나서며 문지기의 방에서
도끼를 슬쩍 훔쳐 얼른 외투 속에 감추고 전당포로 향했다.
전당포 건물 앞에는 마른 풀을 잔뜩 실은 마차가 서 있었다.
그는 마차 옆을 지나 살그머니 전당포 건물로 들어갔다.
다행히 마차가 가려 주었기 때문에 아무도 그를 못 보았다.
그는 전당포 할머니의 방으로 조심스럽게 올라가 초인종을
눌렀다. 그러나 방에서는 아무 대답이 없었다. 그가 계속
초인종을 누르자 한참 후에 할머니가 얼굴을 내밀었다.
"안녕하세요?"
"무슨 일로……?"
전당포 할머니는 의심스러운 눈초리로 라스콜리니코프의
얼굴을 뚫어지게 바라보았다.
"전에 말한 은제 담뱃갑을 가져왔습니다."
라스콜리니코프는 허락도 받지 않고 방으로 성큼성큼 들어가
전당 잡힐 물건을 내밀었다. 할머니는 그 물건을 바라보다가
다시 라스콜리니코프를 쏘아보았다.

"왜 그렇게 쳐다보십니까?"

도둑이 제 발 저리다는 속담처럼 라스콜리니코프는

자기의 계획이 탄로날까 봐 두려웠다.

"너무 갑자기 찾아와서……."

할머니는 대답을 얼버무렸다. 그리고 손을 내밀었다.

"이게 뭐라고요?"

할머니는 물건의 무게를 가늠해 보면서 물었다.

"은으로 만든 담뱃갑이라고 했지 않습니까."

"은 같지가 않은데……. 왜 이렇게 꽁꽁 묶었어요?"

할머니는 끈을 풀려고 애쓰다가 밝은 창문 쪽으로 돌아섰다.

'이 때다!'

라스콜리니코프는 외투 속에 감추어 두었던 도끼로 할머니의

머리를 내리쳤다. 할머니는 외마디소리를 지르며 쓰러지더니

피를 쏟으며 숨을 거두었다. 다행히 비명 소리는 너무도

작아서 밖으로 새나가지 않았다. 라스콜리니코프는 할머니의

주머니에서 재빨리 열쇠꾸러미를 꺼냈다. 그리고 침실로

들어갔다. 그는 침대 밑에 있는 궤짝에서 전당 잡힌

물건들을 찾아 내 바지 주머니에 쑤셔 넣었다.

그 때 갑자기 사람 소리가 들렸다.

라스콜리니코프는 숨을 죽이고 돌부처처럼 가만히 서 있었다.

'내가 잘못 들은 건 아닐까?'

라스콜리니코프는 자기 귀를 의심했다. 그러나 할머니가
쓰러진 방에서 분명히 소리가 났다. 라스콜리니코프는 다시
도끼를 들고 옆방으로 갔다. 할머니의 동생 리자베타가 넋이
나간 채 우두커니 서 있었다. 리자베타는 갑자기 나타난
라스콜리니코프를 보고 얼굴이 하얗게 질렸다. 그녀는 아무
소리도 못 지르고 오돌오돌 떨기만 했다.

"나를 본 사람은 당신밖에 없어. 내가 범인이라는 걸 알릴
사람은 당신밖에 없다고. 그러니 당신은 살아서는 안 돼!"

라스콜리니코프는 도끼를 내리쳤다. 리자베타는 아무 저항도
못 한 채 곧 숨을 거두고 말았다. 이런 힘이 어디서 났을까?
그는 그만 겁에 질리고 너무 무서워서 부들부들 떨었다.

'빨리 이 곳에서 도망쳐야겠어.'

라스콜리니코프는 부엌으로 가 피 묻은 손과 도끼를 씻었다.
그리고 층계를 살폈다. 아래에서 사람 소리가 들렸다.

'이걸 어쩌지?'

그는 덜컥 겁이 났다. 누군가 이리로 올라오고 있는 게
틀림없었다. 가슴이 콩닥콩닥 뛰었다. 그는 다시 방 안으로

들어가 빗장을 걸었다. 발소리는 점점 더 가까워지고 있었다.

그는 숨을 죽이고 문 옆에 몸을 붙였다. 발소리가 문 앞에서

멎더니 초인종이 울렸다.

"알료나 이바노브나! 리자베타! 문 열어요. 아직도 자는

거요? 아니면 누가 목 졸라 죽이기라도 한 거요?"

누군가 문고리를 세게 잡아당기며 소리쳤다.

그 때 또 다른 목소리가 들려왔다. 이번에는 아까보다

젊은 사람의 목소리였다.

'첫 번째 사람은 할머니를 찾아왔고, 두 번째 사람은

리자베타를 찾아온 게로군.'

라스콜리니코프는 정신을 가다듬으며 열심히 귀를 기울였다.

밖에서는 계속 문고리를 요란하게 잡아당기고 있었다.

"돈이 급해서 찾아왔는데 이게 무슨 일이람."

"나보고 이 시간에 오라고 해 놓고 집을 비우다니."

두 사람은 잔뜩 화가 난 것 같았다.

문고리를 당기는 소리가 점점 더 거칠어졌다.

"에이 참, 할 수 없군. 그냥 갑시다!"

"아니에요! 아마 무슨 일이 생긴 모양입니다. 문고리를 당기면

문이 덜걱거리는 것이 보이시죠? 이건 밖에서 문을 잠근 게

아니라 안에서 빗장을 질렀다는 거예요. 그렇다면 분명히
안에 사람이 있다는 건데. 혹시……."

"그렇군요! 그럼 어서 문지기를 불러 와 문을 열게 해야지요."
두 사람은 아래로 내려가려고 했다.

"잠깐! 우리 둘 다 가면 안 돼요. 당신은 여기 남아서 무슨
일이 벌어지는지 지켜봐야 해요. 저는 예심 판사가 될 준비를
하고 있어요. 이건 분명히 뭔가 잘못된 거예요. 분명히!"
젊은 사람이 층계를 뛰어내려갔다.

'문을 열고 들어오기만 해 봐라. 이 도끼로 박살을 낼 테다.'
라스콜리니코프는 도끼를 든 손에 힘을 주었다.

"아이, 이 사람이 도대체 어떻게 된 거야? 빌어먹을……."
1분, 2분 시간은 흐르는데 아무도 오지 않자 밖을 지키고 있던
사람은 더 이상 참지 못하고 아래층으로 내려갔다.

라스콜리니코프는 살며시 문을 열어 보았다. 아무 소리도
들리지 않았다. 그는 살그머니 아래층으로 내려가기
시작했다. 갑자기 2층에서 시끄럽게 외치는 소리가 들려왔다.

'어떡하지? 숨을 곳이 없는데.'
라스콜리니코프는 가슴이 두근거렸다.

"이 나쁜 자식아, 거기 서! 서지 못해!"

누군가 이렇게 악을 쓰며 아래로 뛰어내려갔다.

바로 그 때 사람들이 큰 소리로 떠들며 올라오는 소리가
들렸다. 그런데 다행히도 아래층 현관문이 열려 있었다.
페인트칠을 하던 인부들이 나가면서 현관문을 닫지 않은
모양이었다. 마룻바닥은 방금 칠을 한 것 같았고
방 한가운데는 페인트 통과 붓이 놓여 있었다.

라스콜리니코프는 얼른 그 방으로 들어가서 문 뒤에 몸을
바싹 붙였다. 참으로 위험한 순간이었다. 잠시 후 사람들은
라스콜리니코프가 문 뒤에 있는 줄은 새까맣게 모른 채 곧장
4층으로 올라갔다.

'휴, 이제야 살았다.'

라스콜리니코프는 그 틈을 타 재빨리 아래로 내려갔다.
층계에는 아무도 없었다. 대문에도 사람은 없었다.
그는 얼른 그 곳을 나와 왼쪽 길로 접어들었다.

'지금쯤 사람들은 전당포 할머니의 방에 들어갔겠지.
그리고 두 사람의 시체를 보고 놀랐을 거야. 1분도 안 되는
눈 깜짝할 사이에 범인이 달아났다는 것도 알았을까?'

라스콜리니코프의 머리는 어지럽기만 했다.

'빨리 이 곳에서 멀리 가고 싶어.'

그런데 아무리 애를 써도 빨리 걸을 수가 없었다.

그는 이제 제정신이 아니었다. 그의 몸에서 모든 힘이 다

빠져 나가 버린 것만 같았다. 그는 땀을 뻘뻘 흘렸다.

옷이 땀으로 푹 젖은 채 비틀거리며 정신 없이 걸었다. 마침내

하숙집까지 온 그는 층계를 올라가다가 도끼가 생각났다.

'아차, 큰 실수를 할 뻔했군. 그런데 도끼를 제자리에 갖다

놓다 사람들 눈에 띄면 어떡하지?'

그에게는 아직 중요한 과제가 남아 있었던 것이다.

그러나 일은 의외로 쉽게 해결되었다. 문지기의 방이 닫혀

있기는 했지만 잠겨 있지는 않았다. 그는 문을 열어 보았다.

만일 문지기가 방에 있었다면 아무 생각 없이 그에게 도끼를

내어 주었을지도 모른다. 그러나 다행히 문지기는 없었다.

'휴! 이젠 마음을 놓을 수 있겠구나.'

라스콜리니코프는 도끼를 처음 있던 대로 의자 밑에 넣고

장작으로 잘 덮어 두기까지 했다. 그는 자기 방에 들어갈

때까지 아무와도 마주치지 않았다.

'안주인도 어디 외출했나 보다.'

그는 소파에 털썩 주저앉아 눈을 감았다. 머릿속엔 온갖

생각이 우글거렸지만 아무 생각도 잡을 수는 없었다.

떠도는 죄악 올가미

라스콜리니코프는 계속 누워만 있었다. 가끔 잠에서 깨기도
했지만 도무지 일어나고 싶지가 않았다. 날이 훤히 밝아도
그랬다. 또 밤을 맞았다. 그는 여전히 소파에 누워만 있었다.
"왜 이렇게 시끄러울까?"
갑자기 밖에서 떠드는 소리가 들렸다. 매일 새벽 2시면
길 건너 술집에서 곧잘 들려오던 소리였다. 이 시끄러운
소리가 그를 깨웠다.
'술꾼들이 이제야 집으로 돌아가는 모양이군.'
라스콜리니코프는 이렇게 생각했다.

"뭐? 그럼 2시가 지났단 말이야?"

그는 전기에 감전된 사람처럼 소파에서 벌떡 일어났다.

"벌써 2시가 지났다니."

그는 소파에 털썩 주저앉아 한참이나 생각의 꼬리를 물고
늘어졌다. 그제야 모든 일이 생생하게 생각났다!

'살인!'

라스콜리니코프는 무서움에 몸을 떨었다. 미칠 것만 같았다.
그는 문을 반쯤 열어 보았다. 아무것도 달라진 것은 없었다.

'문도 잠그지 않고, 옷도 벗지 않고, 모자까지 쓰고서 그대로
쓰러져 자다니. 누가 여기에 들어와 나를 보았다면 대체
어떻게 생각했을까? 술이라도 취했다고 생각했을까?'

그는 하룻밤 동안의 일이 무슨 수수께끼 같기만 했다.

'혹시 작은 흔적이라도 남았으면 어떡하지?'

그는 창가로 달려가 머리부터 발끝까지 꼼꼼히 살펴보았다.
열이 나고 온몸이 덜덜 떨렸지만 그는 옷을 모조리 벗어
살펴보았다. 실오라기 하나, 헝겊 한 조각도 남기지 않고
샅샅이 뒤집어 보았다. 그래도 마음이 놓이지 않자
그는 세 번이나 다시 살펴보았다. 역시 아무 흔적도
없었다. 다만 바짓부리에 핏자국이 묻어 있을 뿐이었다.

'이런 흔적도 증거가 되지.'

라스콜리니코프는 주머니칼을 꺼내 피가 묻은 곳을 잘라
냈다. 이제는 아무런 흔적도 남지 않았다.

'이런! 전당포 할머니의 지갑과 물건이 주머니에 그대로 있네.'

그는 주머니에서 그것들을 모조리 꺼내기 시작했다.

'이걸 어떡하지?'

물건들을 들고 어쩔 줄 모르던 그가 마침내 방 한 구석에서
찢어진 벽지 구멍을 찾아 냈다.

'여기가 안전하겠군.'

그는 물건들을 구멍 속에 몽땅 쑤셔 넣었다.

'감쪽같군.'

그는 그제야 마음을 놓고는 다시 외투를 끌어당겨 뒤집어쓰고
눈을 감았다. 자는 것도 아니고, 깨어 있는 것도 아닌 혼미한
상태였다. 그러나 그는 5분도 채 안 되어 다시 벌떡
일어나서는 미친 듯이 자기 옷에 달려들었다.

"역시 핏자국이 또 있어! 양말이 온통 피투성이군!"

그는 다시 소파에 쓰러졌다. 참을 수 없는 오한 때문에 꼼짝도
할 수가 없었다. 그는 다시 외투를 뒤집어썼다.

"도대체 증거품을 이렇게 허술하게 숨기는 사람도 있을까?

정말 내가 제정신이 아니군. 지금 곧 나가서 어디든 물건을
버리고 와야 돼. 누구의 눈에도 띄지 않도록. 지금 당장!"

라스콜리니코프는 몇 번이나 몸을 뒤척였다.

그런데 아무리 일어나려고 해도 일어날 수가 없었다.

"문 좀 열어. 죽기라도 한 거야? 밤낮 잠만 자고 말이야."

라스콜리니코프는 요란하게 문 두드리는 소리에 잠이 깼다.

"도둑맞을 물건이라고는 자기 몸뚱이밖에 없으면서 문을
잠그고 있다니. 문 열어요. 10시가 지났다고요."

밖에서는 야단이었다.

'이거 큰일났군. 벌써 탄로난 거야. 이젠 끝장이구나!'

라스콜리니코프는 마지못해 문고리를 벗겼다. 문 밖에는
나스타샤와 문지기가 서 있었다. 나스타샤는 이상한 눈으로
라스콜리니코프를 바라보았다. 문지기가 흰 종이를 내밀었다.

"경찰서에서 소환장이 왔소."

라스콜리니코프는 가슴이 철렁 내려앉았다.

"웬 소환장이지?"

"내가 어떻게 알겠소. 오라니까 가 보면 알 것 아니오."

문지기는 슬쩍 방 안을 살피고 밖으로 나갔다.

"정말 어디 아픈 거 아니에요?"

나스타샤가 안쓰러운 얼굴로 말했다.

"어제부터 열이 심했어."

라스콜리니코프는 건성으로 대답했다.

"어머! 뭘 그렇게 손에 꼭 쥐고 있어요?"

라스콜리니코프는 잘라 낸 옷자락과 양말을 오른손에 꼭
쥐고 있었다. 이것을 손에 쥔 채 깊은 잠에 빠졌던 것이다.

"어머나! 이런 넝마 쪼가리를 무슨 보물이나 되는 것처럼 갖고
있다니, 호호호."

나스타샤는 깔깔거리며 웃었다. 그는 나스타샤가 나가자
그것을 얼른 주머니에 넣었다. 머리가 몹시 어지러웠다.

아침 9시까지 경찰서로 출두.

라스콜리니코프는 이 소환장이 마음에 걸렸다. 그는 옷을
주섬주섬 주워 입고 밖으로 나갔다. 그런데 계단을 내려오던
그는 뜯어진 벽지 속에 감춰 둔 물건들이 떠올랐다.

'어쩌면 이렇게 나를 집 밖으로 유인한 뒤 그 틈에 내 방을
뒤지려는 속셈인지도 몰라.'

라스콜리니코프는 이런 생각이 들자 걸음을 멈추었다.

'아니지, 이왕 겪을 일이라면 빨리 겪자.'

하지만 그는 곧 마음을 고쳐먹고 경찰서를 향해 다시
발걸음을 옮겼다. 거리는 여전히 불볕더위였다.
경찰서는 4층이었다.
'이렇게 마음의 고통을 안고 있느니 차라리 모두 털어놓는 게
더 마음이 편하겠어. 모조리 털어놓을 테야.'

라스콜리니코프는 4층으로 올라가면서 여러 갈래로
찢어지는 생각을 바로잡지 못해 갈팡질팡했다. 그런데 그는
어느 새 자기도 모르게 경찰서로 들어가고 말았다.

"무슨 일로 왔지요?"

경찰서 서기가 물었다.

라스콜리니코프는 소환장을 내밀었다.

"학생이군."

"그렇습니다."

"저기 사무관한테 가 보시오."

사무관에게 가려던 라스콜리니코프는 부서장과 마주쳤다.

"무슨 일로 왔지?"

부서장이 딱딱한 말투로 물었다.

"소환장을 받고 왔습니다."

"그 사람은 빚 때문에 불려왔습니다."

옆에 있던 경찰관이 덧붙여 말했다. 라스콜리니코프는
마음이 조금 놓였다. 사무관이 서류를 읽어 보라며 그에게
내밀었다. 하숙집 주인이 돈을 갚으라고 쓴 고발장이었다.

"저는 가난에 쪼들리는 학생입니다. 하숙비도 못 내고
학교에도 못 나가고 있습니다. 하지만 시골에 계신 어머니가

돈을 보내 주시면 빚을 모두 갚을 수 있습니다."

라스콜리니코프는 자존심을 죽이고 굽실거렸다.

그의 이야기를 다 들은 사무관이 이런 경우 일반적으로 쓰는
답변서를 불러 주기 시작했다. 라스콜리니코프는 돈을 언제쯤
갚을 것이며, 돈을 갚을 때까지는 절대 이 곳을 떠나지
못하고, 가지고 있는 재산을 팔거나 감출 수 없다는 내용을
받아 썼다. 그는 후들후들 떨면서 서명을 마쳤다.

그 때 경찰서장과 부서장이 이야기를 나누는 소리가 들렸다.

"아니, 그 두 사람은 무죄야. 그들이 범인이라면 왜 문지기를
불러왔겠나? 자기들을 고발하게 하는 범인이 어디 있나?"

"하지만 그들의 말은 모순투성이 아닙니까? 처음 문을
두드렸을 때는 빗장이 걸려 있었다고 했고, 그 뒤 문지기가
왔을 때는 문이 열려 있었다고 했지 않습니까?"

"바로 그게 문제야. 범인은 방 안 어디에 숨어 있다가 모두
아래로 내려간 틈을 타 달아난 거라고!"

"그러나 범인을 본 사람은 아무도 없었지 않습니까?"

라스콜리니코프는 모자를 집어 들고, 밖으로 나가려고
일어섰다. 하지만 문까지 가지도 못하고 그만 기절하고
말았다. 잠시 후 그는 겨우 정신을 차렸다. 경찰서장과

부서장이 의심스러운 눈으로 그를 지켜보고 있었다.

그는 얼른 밖으로 나와 서둘러 집으로 향했다.

다행히 집에는 아무도 오지 않았다.

'증거품을 이런 곳에 아무렇게나 두다니.'

라스콜리니코프는 당황스러웠다. 그는 얼른 벽지

구멍에 손을 넣어 보았다.

'휴, 그대로 있구나.'

라스콜리니코프는 물건들을 몽땅 꺼냈다. 작은 상자와

가죽 주머니가 모두 8개나 되었다. 그는 그것들을

외투 주머니와 바지 주머니에 표가 나지 않도록 잘 나누어서

집어 넣었다. 그러고는 문을 활짝 열어 두고 밖으로 나왔다.

그는 미행당할까 봐 뒤를 힐끔힐끔 돌아보면서 걸었다.

'될 수 있는 한 빨리 증거물을 없애야 해. 어디로 가서

없앨까? 강물 속에 던져 버릴까? 정작 버리는 것도 어렵네.'

라스콜리니코프는 알맞은 장소를 찾아 돌아다녔다.

그러나 마땅한 곳이 눈에 띄지 않았다.

'강물에 던져 버리자.'

그는 강가 쪽으로 걸어갔다. 그러나 곧 생각을 바꾸었다.

'아니야, 만약 상자가 가라앉지 않고 떠내려가는 걸 누가

보기라도 하면 큰일이지. 왜 꼭 물 속에 던져야 해? 외딴

숲 속이나 커다란 바위 밑에 숨겨 놓는 게 훨씬 더 안전하지.'

라스콜리니코프는 마땅한 곳을 찾아 이리저리 돌아다녔다.

한참 만에야 건축 자재들이 아무렇게나 쌓여 있는 빈터를

발견했다. 마침 그 곳엔 사람 그림자도 보이지 않았다.

'여기가 좋겠군.'

라스콜리니코프는 돌담 밑에 있는 커다란 돌을 발견했다.

돌을 들어 내 보니 움푹 팬 자리가 있었다. 그는 그 곳에
물건들을 집어 넣고 돌을 제자리에 얹어 놓았다. 감쪽같았다.
"됐다! 어느 누가 이 돌 밑을 뒤져 보겠어? 또 발견되면 어때.
누가 갖다 놓았는지 증거가 없잖아."
그는 빙그레 웃었다. 그러나 마음은 편할 수가 없었다.
생각은 물레방아처럼 빙빙 돌면서 자신을 괴롭혔다. 얼마나
걸었을까? 그는 어느 새 라주미힌의 집 앞에 서 있었다.
'라주미힌은 지금 무엇을 할까?'
라스콜리니코프는 5층 라주미힌의 방으로 올라갔다.
"마침 집에 있었네."
"웬일이야? 라스콜리니코프!"
라주미힌은 라스콜리니코프를 훑어보더니 소파를 가리켰다.
"우선 앉아. 피로해 보이는데."
라스콜리니코프는 소파에 털썩 주저앉았다.
'이 친구, 병이 꽤 깊어.'
라주미힌은 라스콜리니코프의 얼굴을 살피며 생각했다.
"왜 자꾸 나를 보는 거지?"
"이봐, 너 지금 어디 많이 아픈 거지. 그렇지?"
"별소리를 다 하는군. 나는 가정 교사 자리라도 있나 싶어서

찾아온 거야."

"넌 지금 헛소리를 하는 거야. 열 때문에."

라주미힌은 라스콜리니코프의 맥을 짚어 보려고 했다.

라스콜리니코프는 그의 손을 뿌리쳤다.

"아니야, 난 멀쩡해. 그만두자. 그만둬."

라스콜리니코프는 갑자기 자리에서 벌떡 일어나더니
문 쪽으로 걸어갔다.

"이봐, 잠깐만! 조금만 기다려."
라주미힌은 라스콜리니코프의 손을 잡았다.

"괜찮다니까."
라스콜리니코프는 그의 손을 거칠게 뿌리쳤다.

"그렇게 갈 거면 뭣 때문에 왔어? 이대로 돌아가면 안 돼."

"됐어. 날 붙들지 마."

"성질도 급하긴……. 난 요즘 원고를 번역하고 있어.

내 일거리를 나눠 줄 테니 해 볼래? 너를 동정해서 주는 건
아니야. 네가 나보다 실력이 낫기 때문이지. 가져갈 거지?"
라주미힌은 책상 위에 번역할 원고와 3루블을 놓았다.
라스콜리니코프는 말 한 마디 없이 3루블과 번역 원고를
받아 들고는 밖으로 나가 버렸다. 그런데 그는 곧 다시
되돌아와 번역 원고와 3루블을 꺼내 놓고는 나가 버렸다.
"이거 돌겠군. 너 정신 분열증이라도 걸린 것 아냐?"
라주미힌은 화가 치밀어 버럭 소리를 질렀다.
"번역 따윈 필요 없어."
라스콜리니코프는 계단을 내려가면서 중얼거렸다.
"그럼 도대체 너한테 필요한 게 뭔데? 이봐, 집은 어디야?
제기랄, 네 마음대로 해!"
라주미힌의 말을 들었는지 못 들었는지 그는 이미 밖으로
나와 있었다. 그는 술 취한 사람처럼 비틀거리며 정신 없이
걸었다. 그가 한참을 헤매다 집으로 돌아왔을 때는 이미
땅거미가 지기 시작했다. 그러고 보니 6시간이나 돌아다닌
셈이었다. 하지만 어디를 어떻게 돌아다녔는지 전혀 기억이
나지 않았다. 그는 온몸을 떨며 소파에 누웠다. 그러고는
외투를 뒤집어쓰고 이내 정신을 잃은 채 잠이 들었다.

창자를 도려 내는 불안

라스콜리니코프는 문이 열리는 소리에 잠이 깼다.

나스타샤가 촛불과 수프를 가지고 들어왔다.

"어제부터 한 술도 뜨지 않고 누워만 있으니 웬일이에요?"

"나스타샤! 안주인이 왜 두들겨 맞았지?"

"안주인이 왜 두들겨 맞아요?"

"분명히 경찰서 부서장이 안주인을 때렸는데?"

나스타샤는 잠자코 라스콜리니코프를 바라보기만 했다.

"나스타샤! 왜 잠자코 있어?"

"아무도 안주인을 때리지 않았어요."

나스타샤는 잘라 말했다. 라스콜리니코프는 숨을

헐떡이며 괴로운 표정으로 나스타샤를 바라보았다.

"난 확실히 들었는데. 나는 자지 않았어."

"그건 피 때문이에요."

나스타샤는 혼잣말을 하듯이 조용히 말했지만

그는 백지장처럼 하얗게 질려서 물었다.

"피라고? 무슨 피?"

"당신 속에서 피가 끓어서 그렇다고요."

그는 물을 한 모금 마시고 다시 정신을 잃었다. 며칠 동안

헛소리를 하고 가위눌린 사람처럼 몸부림을 치기도 했다.

그는 3일 만에야 정신이 돌아왔다. 방 안에는 나스타샤와

친구 라주미힌, 그리고 낯선 사람이 앉아 있었다.

"이제야 깨어났구나. 정신이 좀 드니? 웬 잠을 그렇게

오래 자? 넌 지금 건강이 말이 아니야."

라주미힌은 라스콜리니코프의 손을 잡고 조용히 말했다.

"저 사람은 누구야?"

라스콜리니코프는 라주미힌에게 물었다.

"이분은 택배회사 직원이셔. 네 어머니께서 보낸 돈을

가져왔어."

택배회사 직원은 서류를 내밀었다. 라스콜리니코프는
떨리는 손으로 서류에 서명을 했다. 어머니가 보내온
돈은 35루블이었다.

나스타샤가 밖으로 나가 음식을 가지고 왔다.

"푸짐하군."

라주미힌이 군침을 삼켰다. 이 음식은 하숙집 안주인이 한턱
쓰는 것이었다. 라주미힌은 맥주를 한 잔 마시더니 트림을
했다. 라스콜리니코프는 차를 한 잔 마셨다.

"라주미힌! 내가 헛소리를 하지 않았니?"

"했지. 제정신이 아니었으니까."

"무슨 헛소리였는데?"

"그런 시시콜콜한 것들을 다 말해야 돼? 걱정할 것 없어.
크레스토프스키 섬이며, 귀고리와 쇠사슬이 어떻다느니,
니코침 포미치가 어떻다는 등 횡설수설했어. 그리고 양말을
달라고 애원했어. 마침 경찰서 사무관 자묘토프가 와
있었는데 그가 구석에서 그것을 찾아 주었지. 그랬더니
온종일 그것을 움켜쥐고 있더군. 아직도 담요 밑에 뒹굴고
있을걸. 또 바지 잘라 낸 것을 달라며 눈물까지 흘렸어.
참, 이야기만 늘어놓다가 용건을 잊을 뻔했군. 35루블에서

10루블만 가져간다. 두 시간 뒤에 계산서를 가지고 올게.
나스타샤! 내가 없는 동안 이 친구 잘 보살펴 줘."
라주미힌은 돈을 가지고 밖으로 나갔다.

나스타샤도 그 뒤를 따라나가자 라스콜리니코프는 얼른
일어나 담요를 들추어 보았다. 양말이 있었다. 양말에는 아직
핏자국이 있었지만 너무 더러워서 잘 보이지는 않았다.

"다행이야. 아무도 눈치채지 못했어. 그런데 경찰서 사무관인
자묘토프가 왜 왔지? 나를 의심하는 게 틀림없어. 빨리
도망쳐야 돼. 돈을 가지고 아주 먼 곳으로. 그런데 밖에
경찰관이 서 있으면 어떡하지? 아! 이건 뭐야? 차와 맥주가
반 병 남았군. 우선 이거라도 먹고 기운을 차려야 돼."

그는 남은 맥주를 한 잔 마셨다. 가슴 속에 타고 있는
불안한 마음이라도 끄고 싶었기 때문이다. 그러나 1분도
못 가 취기가 올랐다. 그는 다시 쓰러져 세상 모르고 잠이
들었다. 누군가 방에 들어오는 소리에 눈을 떴다.
라주미힌이었다.

"이제 일어났구나. 이건 네 옷이야. 그 누더기 같은 옷 좀
벗어 버리고 이 옷으로 갈아입어. 어서."
라주미힌은 10루블로 산 중고 옷을 내밀었다.

"싫어."

"싫다니?"

"나중에 입을게."

라스콜리니코프는 모든 것이 귀찮은 듯 손을 내저었다.

그러나 라주미힌은 나스타샤와 함께 라스콜리니코프에게

억지로 셔츠를 갈아입혔다.

그 때 의사 조시모프가 들어와 라스콜리니코프를 진찰했다.

"맥박이 좋아진 걸 보니 곧 완쾌될 거예요. 아무 걱정

마세요. 별 탈 없을 테니까."

"난 건강해요. 아주 건강하다고요!"

라스콜리니코프는 버럭 소리를 지르고는 소파에 쓰러졌다.

그는 아예 벽 쪽으로 몸을 돌려 버렸다.

"라스콜리니코프! 오늘 우리 집에서 집들이가 있어.

나, 이 동네로 이사 왔거든. 엎드리면 코 닿을 거리인데 너도

꼭 오면 좋겠다. 몸이 불편하면 소파에 누워 있어도 돼."

라스콜리니코프는 라주미힌의 말을 들은 체도 하지 않았다.

"꼭 올 거지? 우리 큰아버지, 대학생 몇 명, 교사와 관리,

음악가가 각각 한 사람씩, 그리고 자묘토프가 올 거야.

참, 자묘토프와 나는 똑같은 일에 관심을 갖게 되었어."

"무슨 일?"

조시모프가 물었다.

"칠장이에 대한 일이야."

"칠장이에 대한 일이라는 게 뭐야?"

"전당포 할머니 살인 사건이 일어나던 날, 전당포 건물에서
칠을 하던 칠장이가 그 사건의 범인으로 몰린 모양이야."

조시모프는 은근히 라스콜리니코프를 바라보며 물었다.

"증거가 있대?"

"증거는 무슨 증거! 그 증거라는 것이 전혀 증거가 되지
못하는 것들이야. 참 어처구니없는 일이지. 라스콜리니코프!
너도 경찰서에서 이 사건에 대해 들었을 거야."

라스콜리니코프는 귀머거리가 된 듯 가만히 있었다.

"나는 그 칠장이를 구해 낼 거야."

라주미힌이 힘주어 말했다.

"무슨 재주로?"

조시모프가 되물었다.

"조시모프! 경찰은 처음으로 할머니의 시체를 발견한
두 사람이 범인이 아니라는 것을 알고도 놓아 주지 않았어.
그런데 우물쭈물할 때 뜻밖의 일이 생긴 거야.

술집을 하는 두시킨이라는 사람이 칠장이들을 고발한 거야.
살인 사건이 나던 날 칠장이 니콜라이가 자기네 술집에 와서
금귀고리를 내 놓으며 술을 달라고 했대. 그 금귀고리가
어디서 났느냐고 꼬치꼬치 캐물었더니 아무 말도 못 하고
달아나더라는 거야. 그래서 고발을 했다는군. 그런 것만
가지고 칠장이를 범인이라고 할 수 있어?"

"라주미힌! 알 만하군."

"내 말을 끝까지 들어. 경찰은 칠장이 니콜라이를 붙잡아
감옥에 가두었어. 그는 붙잡혀 오기 전 어느 선술집 외양간의
대들보에 올가미를 만들어 목을 매달려고 했대. 그런데 그 집
안주인에게 들켜 목을 매지 못했다는군. 그런데 그가 '나를
경찰서에 고발해 주세요. 전당포 주인 할머니를 죽인 사람은
바로 나예요.' 하고 울부짖었대."

"뭐가 뭔지 잘 모르겠군."

"그런데 경찰서에 가서는 살인이 나던 그 날, 페인트 칠을
하던 방의 문 뒤쪽 바닥에서 금귀고리를 주워 술을 실컷
마셨지만 사람을 죽이지는 않았다고 주장했다는 거야."

"그게 문 뒤에 떨어져 있었다고!"

라스콜리니코프가 갑자기 소리를 지르며 벌떡 일어났다.

"그래, 그런데 왜 그래?"

라주미힌이 눈을 둥그렇게 뜨고 물었다.

"아무것도 아니야."

라스콜리니코프는 신음하듯이 한 마디 내뱉으며 벽 쪽으로 돌아누웠다. 라주미힌은 계속 말을 이었다.

"니콜라이가 범인이라는 건 말도 안 돼. 그 금귀고리는 범인이 떨어뜨린 거야. 코흐와 페스트라코프가 문을 두드렸을 때 범인은 집 안에 있었던 거야. 두 사람이 문지기를 부르러 간 사이에 범인은 방에서 나와 칠장이들이 열어 놓은 방으로 들어가 숨었고. 그 때 금귀고리 상자가 떨어진 거야. 범인은 아마 제정신이 아니었을 거야."

"자네가 아예 형사 노릇을 하지 그래? 어떻게 그리 척척 꿰뚫어 보는 거야. 너무 교묘하군. 꼭 연극 같잖아."

조시모프가 빈정거렸다. 그 때 웬 중년 남자가 방으로 들어왔다. 처음 보는 얼굴이었다.

"라스콜리니코프 씨?"

낯선 남자가 두리번거리면서 물었다.

라스콜리니코프는 벌떡 일어났다.

"누구시죠?"

"저는 표트르 페트로비치 루진이라고 합니다. 아마 제 이름은
이미 들으셨을 줄 압니다."

"누구시라고요?"

라스콜리니코프는 다그쳐 물었다.

"제가 두냐 양의 약혼자입니다."

라스콜리니코프는 어머니의 편지로 여동생의 약혼자 이름을
알고 있었다. 그러나 그 사람을 직접 보니 더욱 미워졌다.

"당신 이름은 알고 있어요. 내 여동생의 신랑감이라는
것도……."

라스콜리니코프는 짜증 섞인 말투로 대답하고는 돌아누웠다.

루진은 불쾌함을 참고 잠자코 있었다. 침묵이 흘렀다.

루진은 한참 만에 입을 열었다.

"어디 많이 불편하신가 보죠? 이렇게 병이 심한 줄 알았으면
좀더 일찍 찾아뵐 것을 그랬나 봅니다. 이 곳에는 며칠 전에
왔지만 워낙 바빠서 이렇게 늦었습니다. 이 근처에 당신의
어머님과 여동생이 함께 묵을 집도 마련해 놓았습니다."

루진은 묻지도 않은 말을 늘어놓았다. 그러나 처남이 될
사람이 쌀쌀맞게 대해 주니 더 이상 머물고 싶지 않았다.

"이제 곧 가족이 될 테니 앞으로 잘 지냅시다."

루진은 곧 나가야겠다고 생각하며 이렇게 말했다.

그러나 라스콜리니코프는 여전히 돌아누운 채 모른 체했다.

라주미힌과 조시모프는 하던 이야기를 계속 했다.

"진짜 범인은 초범이야. 처음으로 범죄를 저지른 거야."

"무슨 증거라도 있어?"

조시모프가 라주미힌의 말에 여전히 고개를 흔들었다.

"초범이 아니라면 그 따위 푼돈이 든 지갑과 물건 몇 개를
훔쳤겠어. 초범이 틀림없어. 방법이 너무도 서툴단 말이야.
운이 좋아 들키지 않았을 뿐이야."

그 때 루진이 갑자기 말참견을 했다.

"전당포 주인 할머니의 살인 이야기를 하시는군요. 요사이
범죄가 자꾸 늘어 걱정입니다. 사람들은 한탕주의에 너무
빠져 있습니다. 갑자기 부자가 되고 싶은 욕심 때문이지요."

이 말을 들은 라스콜리니코프는 아니꼬운 눈으로 루진을
노려보며 악을 썼다.

"내 동생이 그리도 만만해 보여? 당신 속셈은 가난한 집
딸을 아내로 얻어 마음대로 부려먹겠다는 거지."

"누가 그런 얼토당토않은 말을 합니까? 당신 어머니가
그랬나요?"

루진도 화가 나 말이 거칠게 나왔다.

"앞으로 내 어머니 이야기를 한 번만 더 하면 당장 저 계단 아래로 집어던질 거야. 빨리 꺼져!"

루진도 더 이상 견디기가 힘들었다. 그는 화가 나는 것을 억지로 참으며 인사도 하지 않은 채 바로 나가 버렸다.

"나를 내버려 둬. 모두 다! 난 혼자 있고 싶다고!"

라스콜리니코프가 흥분해서 소리를 질렀다.

"우리도 그만 가는 게 좋겠군!"

조시모프가 라주미힌을 잡아끌며 밖으로 나갔다.

"라스콜리니코프가 다른 일에는 전혀 무관심한데 그 살인 사건 이야기에는 정신을 못 차리던데. 너도 눈치챘어?"

조시모프가 흥미롭다는 얼굴로 물었다.

"그래, 맞아! 병이 난 바로 그 날도 그 사건 이야기를 듣더니 경찰서에서 기절까지 했다던걸."

"오늘 저녁에 좀더 자세히 말해 줘. 참 흥미로운 친구야!"

한편 혼자 남게 된 라스콜리니코프는 라주미힌이 사다 준 옷으로 재빨리 갈아입었다. 그는 남은 돈을 집어 들고 아무도 몰래 방을 살짝 빠져 나와 어느 카페로 들어갔다. 하필이면 자묘토프가 그 곳에 있었지만 그는 모른 척했다. 그가 최근

5일 동안의 신문을 죄다 훑어보고 있는데 자묘토프가
의심스러운 목소리로 인사를 하며 옆에 와 앉았다.
"아니, 여기엔 웬 일이오?"
"지나는 길에 들렀습니다."

라스콜리니코프는 머리만 까닥였다.

"어제 댁에 갔더니 몹시 앓고 계시더군요."

"조금 아팠어요. 제 양말을 찾아 주셨다고요? 고맙습니다.

그런데 지금 내가 무슨 기사를 읽은 줄 아세요?"

"글쎄요."

"전당포 할머니 살인 사건 기사를 읽었습니다."

라스콜리니코프는 태연한 척 애를 쓰며 말했다.

"그 범인은 몹시 떨렸나 봐요. 범행을 저지르고도 제대로

훔치지는 못했으니. 당신은 범인을 잡을 자신이 있습니까?"

"그럼요. 반드시 잡을 거요."

"너무 큰소리치시는군요. 아마 당신은 못 잡을 거예요."

라스콜리니코프는 비웃듯이 말했다.

"범인에게 자백을 강요하면 해결될 것 같지요? 그러나 어림도

없을걸요. 나라면 당신들을 얼마든지 속일 수 있으니까요."

"그래요? 당신이라면 우리를 어떻게 속일 건데요?"

자묘토프는 비웃음을 머금으며 물었다.

"먼저 사람들의 발길이 닿지 않는 빈터의 큰 돌을 하나

찾아 내는 거예요. 그 돌을 뒤집어 그 밑에 훔친 돈과 물건을

집어 넣고 다시 돌을 제자리에 놓기만 하면 되지요.

그러면 1년, 3년 아니 영원히 찾을 수 없을 거예요.

이만하면 감쪽같지요? 그러니까 범인은 못 잡을걸요."

"당신은 돌았소."

"만일 전당포 할머니를 내가 죽였다면 어떻게 할 거요?

난 다 알아요. 당신은 겉으로는 아닌 척하면서 속으로는

그렇게 생각하지 않나요?"

"억지소리 하지 마시오."

자묘토프는 당황스럽기도 하고 신경질도 났다.

그러나 라스콜리니코프는 의기양양하게 밖으로 나왔다.

그런데 그의 발걸음은 자신도 모르는 사이에 전당포 할머니

집으로 향하고 있었다. 그 방은 깨끗하게 수리 중이었다.

"바닥을 닦았군. 여기 피가 웅덩이처럼 고여 있었는데."

라스콜리니코프가 중얼거리자 일꾼 중의 한 명이 물었다.

"이 사람, 술에 취했나? 당신 누구요?"

"알고 싶소? 그럼 경찰서로 갑시다. 거기서 말하지요."

일꾼들은 그를 끌고 경비원에게 갔다. 그와 경비원이

티격태격 말다툼을 하는데 어느 상인이 끼어들며 외쳤다.

"경찰서에 넘겨요. 데리고 갑시다!"

하지만 사람들은 그를 술주정뱅이라고 생각하고 그냥 보냈다.

뜻밖의 만남

거리 한복판에 사람들이 모여 웅성거리고 있었다.

라스콜리니코프는 사람들을 비집고 들여다보았다. 한 남자가

마차에 치여 정신을 잃고 쓰러져 있었다.

"어! 이 사람은 며칠 전 술집에서 만난 사람인데?"

"이 사람을 잘 아나요?"

경찰관이 물었다.

"그럼요. 퇴직 관리 마르멜라도프라는 사람이지요."

라스콜리니코프는 경찰관을 보고 말했다.

"집이 어디인지도 알아요?"

"그럼요. 이 근처예요. 저 건너편 네 번째 집이에요. 자, 돈
여기 있으니 빨리 옮겨요! 그리고 의사도 불러 주세요!"
라스콜리니코프는 경찰관에게 슬쩍 돈을 쥐어 주었다.
돈을 준다는 말에 사람들도 마르멜라도프를 집으로 옮겼다.
"부인! 남편은 술에 취해 그만 마차에 치였습니다."
마르멜라도프의 부인 카테리나 이바노브나는 얼굴이
파랗게 질려 아무 말도 못 했다.
"어서 소냐 언니를 불러오너라."
폐결핵을 앓는 부인은 한참 숨을 몰아쉬다가 딸 폴랴에게
말했다. 폴랴는 언니를 부르러 뛰어나갔다.
"아이고, 이 일을 어쩌나!"
부인은 울음을 터뜨렸다. 곧 의사가 달려왔다.

마르멜라도프는 죽은 듯이 누워 있었다. 의사는 청진기를
대고 여기저기를 진찰하더니 천천히 고개를 저었다.
"희망이 없어요."
의사는 사형 선고를 내리듯 엄숙히 말했다. 모두의 얼굴이
어두워졌다. 의사는 청진기를 들고 방을 나갔다.
"신부님 좀 불러 줘요."
마르멜라도프가 겨우 눈을 뜨고 입을 열었다.

그의 목소리는 모깃소리만 했다.

"조금 전에 모시러 갔어요."

부인이 어쩔 줄 몰라 하며 겨우 대답했다. 그 때 딸 소냐가
도착했다. 소냐는 방으로 들어오려다, 걸음을 멈추고 문 옆에
섰다. 자신의 요란한 옷차림 때문에 망설여지는 모양이었다.
소냐는 금발머리를 한 앳되어 보이는 열여덟 살의 예쁜
소녀였다. 무척 아름다웠다. 소냐는 그 자리에서 눈물범벅이
된 채 흐느꼈다. 사람들은 소냐를 힐끔힐끔 바라보았다.

"소냐! 용서해 다오."

마르멜라도프는 딸을 알아보고는 팔을 내밀려 했다. 그러나
중심을 잡지 못하여 그만 땅바닥으로 굴러 떨어지고 말았다.
소냐는 얼른 달려가 아버지를 안았다. 마르멜라도프는 딸의
품에 안겨 고요히 숨을 거두었다.

"이제 어쩌란 말이야! 무슨 돈으로 이 사람을 묻어!
애들은 또 어떻게 먹여 살리냐고!"

남편의 시신 앞에서 부인이 넋이 나가 외쳐 댔다.

"부인! 이 돈을 받아 주십시오. 아마 25루블 정도 될 겁니다.
조금 도움이 될지 모르겠습니다. 내일 다시 오지요."

라스콜리니코프는 부인에게 돈을 쥐어 주고는 방을 나왔다.

그런데 뜻밖에도 문 앞에서 경찰서장 니코침 포미치를

만났다. 그는 직접 사고를 처리하러 온 모양이었다.

"어이! 이게 누구지?"

경찰서장이 웃으며 손을 흔들었다. 그는 경찰서에서

단 한 번 본 라스콜리니코프를 단번에 알아보았다.

라스콜리니코프는 가슴이 철렁 내려앉았다.

'어떤 낌새를 차린 걸까? 아니, 무슨 냄새라도 맡은 걸까?'

라스콜리니코프는 저절로 어깨가 움츠러들었다. 그는 도둑이

제 발 저리다고 누구든지 보면 자기의 일을 알고 있을지도

모른다는 생각에 깜짝 놀라곤 했다.

"라스콜리니코프 씨군요."

경찰서장은 라스콜리니코프를 바라보며 씽긋 웃었다.

"이런, 당신은 피투성이네요."

그러고 보니 라스콜리니코프의 옷은 피범벅이었다.

마르멜라도프를 집으로 옮길 때 묻은 피였다.

"그래요. 피투성이지요."

말이 엉뚱한 데로 흘러갔다. 라스콜리니코프는 농담 섞인

말로 대꾸한 뒤 계단을 내려갔다. 조금 안심이 되었다.

경찰서장은 라스콜리니코프를 전혀 의심하지 않는 듯했다.

"아저씨, 잠깐만요."

일곱 살 정도 된 소녀가 충계를 따라 내려오며 그를 불렀다.

라스콜리니코프는 걸음을 멈추고 뒤를 돌아보았다.

"아저씨 이름이 뭐예요? 어디에 살아요?"

소녀는 소냐의 동생 폴랴였다.

"누가 물어 보라고 하던?"

아무래도 누가 시켜서 내려온 듯했다.

"소냐 언니가요."

"내 이름은 로지온이란다. 라스콜리니코프라고도 부르지."

그는 미소를 지으며 주소도 알려 주었다.

"언니가 꼭 연락을 드릴 거래요. 아저씨에게 고맙다고

전하랬어요."

폴랴는 발걸음도 사뿐 충계를 걸어 올라갔다.

'그 예쁜 처녀가 나에게 관심을 두다니……'

라스콜리니코프는 가슴이 두근두근했다. 뜻밖에도 좋은

인연의 끈이 이어질 것 같았다.

라스콜리니코프는 계단을 내려와 라주미힌의 집으로 향했다.

발걸음이 가벼웠다. 콧노래라도 나올 것만 같았다.

참으로 오랜만에 마음이 가벼웠다.

그리운 만남

라스콜리니코프는 곧 라주미힌의 집에 다다랐다.

라주미힌의 방은 집들이에 온 사람들로 북적거렸다.

떠들썩한 소리가 방 안을 흔들었다.

"네가 올 줄 알았어."

라주미힌이 웃으면서 라스콜리니코프를 맞이했다.

"라주미힌! 사실은 말이야……."

라스콜리니코프는 말끝을 흐렸다.

"무슨 일 있어? 어서 말해 봐."

"지금 마차 사고로 죽은 사람 집에서 오는 길이야. 돈을 몽땅 털어 주고 왔어. 나는 너무 지쳤어. 그래서 곧 가 봐야겠어."

라스콜리니코프가 비틀거렸다.

"나와 함께 가자. 내가 집까지 데려다 줄게."

"넌 취했어. 그리고 집들이에 온 손님들은 어떻게 하고?"

"괜찮아. 삼촌이 계시니까. 그리고 마침 좀 나가고 싶었어."

라주미힌은 라스콜리니코프를 부축하여 계단을 내려왔다.

두 사람은 라스콜리니코프의 하숙집까지 왔다.

그런데 그의 다락방에 불이 켜져 있었다.

"누가 와 있을까? 나스타샤일까?"

라주미힌이 고개를 갸웃거렸다.

"이 시각에? 나스타샤는 벌써 꿈나라로 갔을걸."

라스콜리니코프는 대수롭잖다는 듯 말했다. 그들은 계단을
올라갔다. 방 안에서는 두런두런 말소리가 들려왔다.

라스콜리니코프가 문을 열었다. 어머니 풀헤리야
알렉산드로브나 라스콜리니코바와 누이동생 아브도차
로마노브나, 즉 두냐가 소파에 앉아 있었다.

"사랑하는 로쟈! 벌써 한 시간 반 동안 너를 기다렸단다."

"어머니! 보고 싶었어요. 그 동안 잘 계셨어요?"

어머니와 누이동생은 라스콜리니코프를 와락 껴안았다.

그들은 서로 얼싸안고 반가움의 눈물을 흘렸다.

그런데 라스콜리니코프가 그만 비틀거리며 쓰러졌다.

라주미힌이 재빨리 그를 안아 소파에 눕혔다.

"염려하시지 않아도 됩니다."

라주미힌은 어머니와 누이동생을 달랬다.

"이 친구는 잠시 정신을 잃었을 뿐입니다. 괜찮습니다.

많이 나았다고 의사가 말했거든요. 아! 이거 보십시오.

벌써 정신을 차렸네요. 물이나 좀 떠다 주십시오."

"감사해요. 내 아들을 위해 얼마나 애썼는지, 기다리는 동안

나스타샤한테 다 들었어요."

어머니가 라주미힌의 손을 잡고 진심으로 고마워했다.

라스콜리니코프는 조금 후에 완전히 정신이 들었다.

어머니는 아들의 눈에서 섬뜩함을 느꼈다.

그 눈길에는 미친 사람의 번득임 같은 것이 고여 있었다.

어머니가 흐느끼기 시작했다. 두냐는 얼굴이 파랗게 질려

오빠의 손을 꼭 잡았다. 두냐는 덜덜 떨고 있었다.

"돌아가세요. 내일 만나요. 내일!"

라스콜리니코프가 띄엄띄엄 말했다.

"로쟈, 난 무슨 일이 있어도 여기 있을 테다.

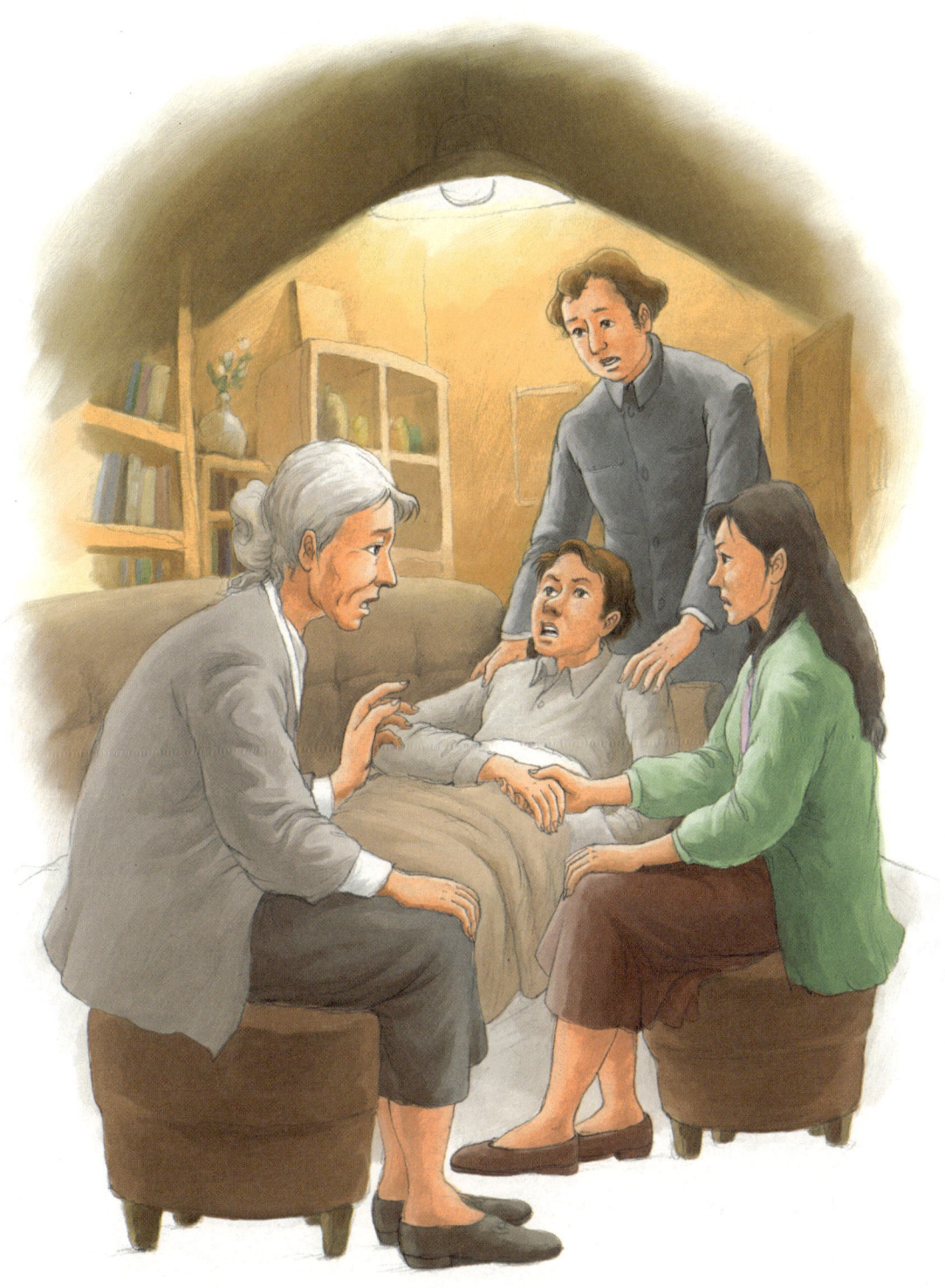

절대로 떠나지 않을 거야……."

"저를 괴롭히지 마세요! 정말 참을 수가 없다니까요!"

라스콜리니코프가 화를 내며 소리쳤다.

"가요, 엄마. 이 방에서만이라도 나가요. 우리가 오빠를

괴롭히고 있잖아요."

두냐가 속삭였다.

"로쟈, 3년 만에 만나는 건데, 얼굴도 제대로 볼 수 없다니!"

어머니가 울며 일어섰다. 로쟈는 라스콜리니코프의 어릴 때

이름이다. 어머니는 어른이 된 아들을 지금도 꼭 이렇게

불렀다. 그런데 라스콜리니코프가 그들을 다시 불러 세웠다.

"아, 잠깐! 그런데 루진은 만나셨어요?"

"아직 못 만났다. 그는 너무 바빠서 우리를 마중 나오지는

못했지만 우리가 도착한 것은 알고 있을 거다. 루진 씨가 너를

방문했다는 이야기를 들었다. 그는 아주 친절한 사람이야."

"어머니! 그가 친절하다고요? 전 그에게 한 번만 더 오면

계단 아래로 걷어차 버리겠다고 윽박질러서 내쫓았어요."

"로쟈야! 왜 그런 짓을 했니? 그는 두냐의 약혼자야."

어머니는 아들의 과격한 말에 겁이 났다.

"사랑하는 내 동생이 그런 놈과 결혼한다는 것은 우리 집의

자존심을 망가뜨리는 거야. 이 결혼은 반대야. 너도 루진을

만나면 딱 잘라 버려. 앞으로는 그림자도 비치지 말라고 해."

라스콜리니코프는 여전히 흥분했다.

"이걸 어쩌지?"

어머니는 어쩔 줄 몰라 했다.

"오빠, 이미 늦었어요. 그럴 순 없어요."

두냐는 울먹이기 시작했다.

"아니야, 절대 늦지 않았어."

라스콜리니코프는 자기의 생각을 조금도 꺾지 않았다.

"오빠! 오빠는 지금 제정신이 아니에요. 너무 피로해서

그런가 봐요. 좀 쉬는 게 좋겠어요."

"그게 무슨 뚱딴지 같은 소리야? 나는 멀쩡해. 너는 나를 위해

그런 사람한테 시집가려는 거지? 하지만 나는 너의 희생이

달갑지 않아. 당장 루진에게 거절 편지를 써."

"그럴 수는 없어요."

두냐가 발끈해서 소리쳤다.

"두냐! 루진과의 결혼은 너무 치사해. 치사한 놈은 나 하나면

충분해. 나는 네가 그런 놈과 결혼하도록 내버려 두지 않을

거야. 네가 계속 우겨서 결혼을 한다면 나는 널 동생으로

여기지 않을 거야. 나 아니면 루진, 둘 중에 하나를 선택해."

라스콜리니코프의 마음은 풀어지지 않았다.

"너 정말 미쳤구나! 세상에 이런 폭군이 또 있을까."

라주미힌이 소리쳤다. 그러나 라스콜리니코프는 잠자코

있었다. 대답할 힘이 없었는지도 모른다. 소파에 몸을 눕힌 채

벽 쪽으로 돌아누웠다. 두냐는 라주미힌을 호기심 어린

눈으로 바라보았다. 두냐의 검은 눈이 한순간 반짝 빛났다.

"자, 두 분은 숙소로 돌아가시는 게 좋겠습니다."

라주미힌은 두 사람을 여인숙까지 바래다주었다.

"여기가 숙소입니다. 로쟈가 루진을 쫓아 낸 것은 당연합니다.

어떻게 이런 더러운 데서 두 분을 묵게 한단 말입니까?

두냐! 루진은 당신과 어울리지 않습니다. 자, 난 로쟈에게

가 봐야겠습니다. 가 보고 괜찮으면 다시 오겠습니다."

라주미힌은 밖으로 나갔다.

'아주 빼어난 미인이야!'

라주미힌은 두냐를 처음 본 순간부터 마음이 끌렸다.

'후리후리한 키에 날씬한 몸매, 검은 머리카락과 까만 눈,

뽀얀 얼굴은 사람을 미치게 만든단 말이야.'

라주미힌은 중얼거리면서 발걸음을 재촉했다.

마음은 자꾸 두냐에게로 가고 있었다. 한 20분쯤 후에
라주미힌이 약속대로 두냐가 있는 여인숙으로 돌아왔다.

"로쟈는 잠에 곯아떨어졌어요. 지금은 그 집 하녀가 잘 돌봐
주고 있지요. 내가 다시 갈 때까지 잘 보살펴 주기로 했어요.
잠시만 기다려 주세요. 제가 유능한 의사를 데려와서 로쟈의
상태를 자세히 말씀드릴게요."

라주미힌은 다시 밖으로 나갔다. 얼마 후에 그는 의사
조시모프를 데리고 왔다.

"로쟈의 병은 영양 부족에서 온 것입니다. 그리고 정신적으로
너무 피곤한 것 같습니다. 어떤 문제에만 매달리는 증세를

보이지만 열이 높아서 그럴 수도 있습니다. 열이 내리거든
어머님과 누이동생께서 위로하고 용기를 불러일으켜 주세요.
그러면 곧 나아질 것입니다. 마음 푹 놓으십시오."
조시모프는 두 사람을 안심시키느라 입에 침이 마르도록
말을 했다.
"정말 고마워요. 우리 로쟈는 꼭 나을 거예요."
어머니는 감사의 인사를 했다.
"정말 감사해요. 선생님은 우리 오빠를 살려 내고도 남아요."
두냐도 감사 인사를 했다.
조시모프는 밖으로 나오자 입맛을 다시며 말했다.
"정말 예쁜 아가씨군."
"누구 말이야?"
라주미힌이 대들 듯이 물었다.
"누구긴. 두냐지."
라주미힌이 갑자기 조시모프의 멱살을 잡았다.
"왜 이래, 이 친구야!"
"너 두냐에게 엉큼한 마음 먹으면 그냥 두지 않겠어. 알지?"
"이 멍청한 친구야! 난 그런 여자에게 반하지 않아."
라주미힌과 조시모프는 한바탕 껄껄껄 웃었다.

질투

라스콜리니코프의 하숙집 부엌에서 잠을 잔 라주미힌은
이튿날 아침 꺼림칙한 기분으로 일어났다.

'두냐 앞에서 두냐의 약혼자를 흉보다니.'

라주미힌은 이것이 못내 마음에 걸렸다.

'곧 시집 갈 여자 앞에서 교양 없이 굴다니 한심하군.'

라주미힌은 어젯밤의 자기 행동이 너무 후회스러웠다.

그 때 조시모프가 들어오며 물었다.

"로쟈는 좀 어때?"

"응, 죽은 듯이 자고 있어."

"그럼 스스로 일어날 때까지 깨우지 마."

"알았어. 그런데 조시모프, 한 가지 걱정스러운 것이 있어."

라주미힌은 조시모프를 슬쩍 쳐다보고 말했다.

"뭔데?"

조시모프가 눈을 둥그렇게 뜨고 물었다.

"어제 내가 잔뜩 취해 로쟈에게 쓸데없는 말을 했나 봐. 네가 그에게 정신병 증세가 있는 것 같다고 한 말을 해 버렸어."

"넌 어제 걱정에 찬 가족들 앞에서도 잘도 지껄이더군."

"실수였어. 그런데 너 로쟈가 정말 정신병자라고 생각하니?"

"아니야, 그 말은 네가 먼저 했잖아. 그 친구를 나에게 처음 데려왔을 때 말이야. 그 친구에게 칠장이 이야기를 한 것은 우리가 잘못한 거야. 정신병자들은 물 한 방울을 바다라고 생각하고, 환상의 세계도 현실이라고 착각하거든. 로쟈는 병이 난데다 경찰로부터 의심까지 받고 있으니 견딜 수 없었던 거야. 더구나 로쟈는 과대망상증에 걸렸어. 라주미힌! 그런데 로쟈는 누이동생의 약혼자를 왜 그렇게 싫어할까? 돈도 많은데다가 두냐도 그다지 싫어하지 않던데."

"쓸데없는 소리를 잘도 지껄이는군."

라주미힌은 짜증을 내며 버럭 고함을 질렀다.

"왜 그렇게 흥분해? 아직도 술이 덜 깼나? 그럼 나는 간다."

조시모프가 나간 뒤 라주미힌은 두냐와 어머니가 묵고 있는 여인숙으로 갔다. 두냐가 반갑게 맞이했다.

"로쟈는 아직도 자고 있어요. 하지만 많이 좋아졌습니다."

라주미힌은 첫인사로 로쟈의 건강 상태부터 말했다.

"고맙습니다. 이 은혜를 어떻게 갚아야 할지 모르겠어요. 그런데 우리는 아직 당신의 성함도 모르고 있군요."

"드미트리 프로코피치라고 합니다."

"드미트리 프로코피치 씨, 나는 꼭 알고 싶은 게 있어요. 내 아들이 지금 무슨 생각을 하는지, 무엇을 좋아하고 무엇을 싫어하는지, 왜 화를 내는지, 어떤 공상을 하는지, 또 어떤 일이 내 아들을 사로잡고 있는지 다 알고 싶어요."

"참, 어머니도. 그렇게 한꺼번에 물으시면 어떻게 해요?"

두냐가 말참견을 했다.

"정말 그렇구나. 미안해요. 하지만 우리 로쟈가 저렇게 되리라고는 상상도 못 했어요."

어머니는 한숨을 푹 내쉬었다.

"당연한 말씀입니다. 로쟈는 늘 우울하고 자존심이 강해 오만하다는 소리를 들었습니다. 요즈음은 우울증마저 있지만 두 분이 계시니까 하루빨리 털고 일어날 것입니다.”

“제발 그렇게 되면 얼마나 좋겠어요.”

라스콜리니코프 어머니의 가슴아파하는 모습은 차마 눈 뜨고 볼 수가 없었다.

“로쟈는 열다섯 살 때부터 내 힘으로는 어쩔 수 없었어요. 그 애는 남들이 생각도 못 하는 엉뚱한 일을 저질러요. 1년 전엔 불쑥 하숙집 주인 딸과 결혼하겠다며 내 속을 끓였지요.”

“어머니! 그 이야기는 저도 들어서 압니다.”

“어떻게 알았어요?”

“로쟈에게 직접 듣지는 않았지만 다른 사람에게 들었는데 참 가슴아팠습니다. 결혼할 처녀가 죽어서…….”

라주미힌은 말을 끊었다. 어머니는 걱정스런 얼굴로 말했다.

“오늘 아침 일찍 루진 씨의 편지를 받았어요. 그 속에 루진 씨의 걱정어린 이야기가 적혀 있었어요.”

“무슨 걱정이랍니까?”

“로쟈가 마차에 치여 죽은 어느 주정꾼 집에서 그 집 딸에게 장례 비용으로 25루블을 주었다고 들었대요. 그 집 딸은 행실이 나쁜 여자래요. 어머니인 내가 돈 때문에 고생하는 걸 아는 루진으로서는 매우 의아스럽기만 하다고 했어요.

당신은 내 아들과 친하니까 한 말씀 해 주세요."

라주미힌은 머리만 긁으며 로쟈의 어머니를 바라보았다.

"글쎄요……."

"어떡하면 좋아요? 두 사람이 만나면 또 티격태격할 텐데.

두냐는 두 사람이 함께 만나서 화해해야 된다고 해요.

그리고 행실이 좋지 않다는 여자는 누구고, 내 아들이

그 여자에게 돈을 주었다는 것은 무슨 말인가요?"

어머니의 얼굴엔 근심이 잔뜩 묻어 있었다.

"어머니! 벌써 10시가 되었어요. 그 얘기는 나중에 해요."

두냐가 서둘러 일어섰다. 세 사람은 라스콜리니코프에게

가려고 여인숙을 나왔다.

"사랑하는 아들을 만나러 가는 길인데 왜 이렇게 떨리니?"

"어머니! 두려워하지 마세요."

두냐가 어머니를 안심시켰다.

"꿈 속에서 마르파 페트로브나가 나타났단다. 흰 옷을 입고는

무서운 얼굴로 고개를 가로젓더라. 이건 좋은 꿈이 아니야."

"그런데 그분이 누군데요?"

라주미힌이 고개를 갸웃거리며 묻자 어머니가 얼른 대답했다.

"아, 미안해요. 당신은 이미 모든 것을 알고 있다고

생각했어요. 그분은 얼마 전에 세상을 뜬 분이에요."

세 사람이 라스콜리니코프의 하숙집에 도착해 보니
조시모프가 와 있었다. 라스콜리니코프는 옷을 단정히 입고
있었다. 얼굴도 깨끗이 씻고 머리에 빗질도 했다.

"어서 오세요. 이제 라스콜리니코프는 다 나았습니다. 이젠
환자가 마음먹기에 달렸습니다. 병의 원인은 의사인 저보다
환자가 더 잘 알 것입니다. 우선 그런 것을 없애려고 환자가
노력해야 합니다. 환자는 대학을 그만둔 뒤부터 건강이
나빠지기 시작했습니다. 그러니까 학교를 다시 다니든가
아니면 무슨 일이든 뚜렷한 목표를 세워서 하면 좋겠습니다."

어머니와 두냐와 라주미힌은 고개를 끄덕였다.

그러나 라스콜리니코프는 비웃었다. 그 비웃음을 본
조시모프는 몹시 당황스러웠다.

"얘야! 건강이 좋아진 너를 보니 이 어미도 기쁘구나."

어머니는 두려운 생각을 떨쳐 버리려고 억지로 웃었다.

"제가 어머님이 계신 곳으로 가지 못한 건 옷에 피가 묻어서
나갈 수가 없었기 때문이에요. 나스타샤에게 피 묻은 옷을
빨아달라고 하는 걸 깜빡 잊었거든요. 마차에 치인 사람을
옮기느라 옷에 피가 묻었지요. 어머니! 그 사람의 부인에게

장례 비용으로 25루블을 주었어요. 그 부인은 폐병을
앓고 있어요. 그 집에는 아무것도 없어요. 아이들만 있지요.
그 모습을 보고 도저히 가만 있을 수가 없었어요.
어머니! 죄송해요."
"괜찮다, 로쟈! 나는 네가 하는 일이라면 어떤 일이든 다
훌륭하다고 믿는단다."
어머니는 밝게 웃으며 고개를 끄덕였다.
"어머니! 저를 너무 믿지 않는 편이 나아요."
라스콜리니코프는 억지로 미소를 지으며 생각했다.
'모두 나를 두려워하는구나.'
어머니는 아들이 점점 두려워졌다. 어색한 분위기를 견디기가
힘들어지자 어머니는 얼른 말머리를 돌렸다.
"로쟈야! 마르파 페트로브나가 돌아가셨단다."
"그 사람이 누구지요?"
"두냐가 가정 교사로 가 있던 스비드리가일로프 씨네 집
있잖니. 그 집의 안주인이란다."
"아아, 그 사람 생각나요. 그런데 왜 돌아가셨어요?"
"내가 너에게 편지를 보낸 날 갑자기 세상을 뜨셨단다.
글쎄 남편이 부인을 심하게 때려서 죽였다는구나."

"두냐야! 그들 부부는 늘 그렇게 살았니?"

라스콜리니코프는 누이동생을 보고 웃었다.

"오빠! 아니에요. 그 반대였어요."

"어머니는 쓸데없이 왜 남의 일에 그리도 관심이 많으세요?"

라스콜리니코프는 갑자기 짜증스럽게 말했다.

"미안하구나. 분위기를 부드럽게 하려고 한 말인데……."

어머니는 말끝을 흐렸다.

"왜 모두들 나를 보면 꽁무니를 빼며 두려워하죠?"

"그게 무슨 말이니? 그렇지 않아. 나는 너를 보는 것만으로도

기뻐. 아니, 행복해."

어머니가 얼른 말했다.

"나는 이만 가야겠어."

라주미힌이 일어섰다.

"나도……."

조시모프도 따라 일어섰다.

"조금 더 있다가 가지. 모두 좋은 사람들이야. 두냐, 그렇지?"

라스콜리니코프가 라주미힌을 붙잡았다.

"자, 그럼 난 먼저 실례하네."

조시모프가 밖으로 나갔다.

"두냐! 라주미힌은 참 좋은 사람이지?"

라스콜리니코프가 두냐를 힐끔 바라보았다.

"그런 것 같아요."

두냐의 말에 라주미힌은 얼굴이 빨개졌다.

"두냐! 네 시계 참 멋지구나."

라스콜리니코프는 두냐의 시계에 눈길을 멈췄다.

"이건 마르파 페트로브나에게 받은 선물이에요."

"아주 비싼 거란다."

어머니가 나서서 한마디 거들었다.

"너무 커서 여자에게는 잘 어울리지 않는데요."

라주미힌이 두냐를 힐끔 보며 말했다. 라주미힌은 은근히

기뻤다. 약혼자 루진이 준 것이 아니라서 다행스러웠다.

"난 이런 게 좋아요."

"루진이 보내 준 게 아니었군."

라스콜리니코프가 비아냥거리는 투로 말했다.

"로쟈야! 루진은 아직 두냐에게 아무 선물도 주지 않았단다."

어머니는 애써 태연한 척 말했다.

"루진과의 결혼은 절대 안 돼. 두냐! 너는 돈에 팔려

결혼하는 거야. 이건 아주 치사한 짓이야."

"오빠! 그런 말 다시는 입 밖에 내지 마세요!"

두냐는 못을 박듯이 냉정하게 말했다.

"두냐! 다시 말하는데 네가 루진과 결혼하면 나는 너를
더 이상 내 동생으로 생각하지 않겠다."

"오빠! 나는 나 자신을 위해 결혼하는 거예요. 누구를 위해서
결혼을 하는 게 아니라고요. 루진은 나를 존중해 줘요. 오빠!
저를 나무라지 마세요. 그리고 만일 내가 누군가를
파멸시키고 있다면 그건 바로 나 자신일 뿐이에요. 나는 아직
아무도 죽이지 않았다고요!"

라스콜리니코프는 살인이라는 말에 화들짝 놀라 얼굴이
창백해지더니 정신을 잃었다.

"이걸 어쩌나. 기절했어! 로쟈! 정신 차려라!"

어머니가 그를 부둥켜안고 다급하게 소리쳤다.

"아, 괜찮아요. 잠깐 어지러웠을 뿐이에요."

라스콜리니코프가 정신을 차리며 말했다.

"루진이 널 존경하고 네가 루진을 존경하면 얼마나 좋겠니?"

"어머니! 오빠는 아직도 날 못 믿나 봐요. 루진 씨의 편지를
오빠에게 보여 주세요."

어머니는 라스콜리니코프에게 루진의 편지를 보여 주었다.

"변호사라 문장도 딱딱하군. 법원에서 쓰는 문장이야."

라스콜리니코프는 편지를 다 읽더니 몹시 신경질적으로

말했다. 아주 못마땅한 얼굴이었다.

"오빠! 루진 씨는 참 친절한 사람이에요."

"흥, 친절하다고? 이것 봐. 이건 협박이야. 네가 묵는 곳에

내가 있으면 자기는 곧바로 가 버리겠다고? 정말 웃기는군.

또 내가 행실이 나쁜, 주정꾼의 딸에게 돈을 줬다는데 그건

잘못 안 거야. 이건 우리 남매를 갈라놓으려는 수작이라고."

라스콜리니코프는 편지를 내팽개쳤다.

"오빠! 너무해요. 하나뿐인 여동생의 결혼을 축복하지는

못할망정 반대만 하다니 미워요."

두냐는 열을 올리며 말했다.

"오빠! 오늘 저녁 8시에 그가 제 숙소로 올 거예요.

저는 오빠도 그 때 꼭 와 주었으면 좋겠어요. 올 거죠?"

"알았어. 가지 뭐."

"저는 라주미힌 씨도 함께 와 주셨으면 좋겠어요.

엄마, 이분도 초대하고 싶어요. 괜찮죠?"

"잘 했다, 두냐. 그렇게 하는 게 나도 속이 편하겠어.

루진이 화를 내든 안 내든 그건 이제 내가 알 바 아니다!"

소용돌이치는 생각

이 때 조용히 문이 열리더니 한 처녀가 두리번거리며
들어왔다. 방 안의 모든 눈길이 그 처녀에게로 죄다 쏠렸다.
라스콜리니코프는 그녀를 첫눈에 알아보지 못했다.
"안녕하세요? 저는 소냐예요."
소냐는 초라한 옷차림에 낡은 모자를 써서 소박해 보였다.
수줍어하는 소녀처럼 앳되고 겁먹은 표정이었다.
그리고 예의를 지키려고 무척 조심하는 태도였다.
"아, 당신이군요. 어쩐 일이에요?"
라스콜리니코프는 그제야 소냐를 알아보고 눈웃음을 보냈다.

소냐는 조심스럽게 입을 열기 시작했다.

"어머니 심부름으로 왔어요. 어머니가 라스콜리니코프 씨께서

내일 장례식에 참석해 주시면 고맙겠다고 전하랬어요.

미사에도 참석해 주시기를 부탁드리라고요……."

"네, 알겠습니다. 가고말고요. 꼭 갈게요."

라스콜리니코프는 흔쾌히 대답했다. 소냐는 그의 방을

둘러보고는 그의 가난한 살림에 충격을 받았다.

"어제 선생님이 아니셨다면 장례 치를 돈도 없었을 거예요.

덕분에 잘 치를 수 있게 되었어요. 그런데 선생님께서는

가진 돈을 전부 저희에게 주셨군요!"

소냐는 목이 메는 걸 참으려는 듯 고개를 숙였다.

어머니와 두냐는 상냥한 눈으로 소냐를 바라보았다.

"두냐! 우리는 이만 돌아가자. 로쟈! 산책이라도 좀 하고
누워서 쉬렴."

어머니와 두냐가 밖으로 나갔다.

"라주미힌! 할 말이 있어."

라스콜리니코프가 말을 걸었다.

"무슨 일인데?"

"포르피리 페트로비치 씨를 알지?"

"알고말고. 내 친척이야. 그런데 왜?"

"그 사람이 전당포 할머니 살인 사건을 담당하고 있다지?"

"응, 왜 그러는데?"

"그 사람이 전당포 할머니에게 전당 잡힌 사람들을
조사한다던데 나도 전당 잡힌 것이 있거든. 고향을 떠날 때
누이동생이 기념으로 준 반지와 은시계야. 다른 건 몰라도
그 은시계는 꼭 찾아야 돼. 아버지의 유물이라고는 그것
하나뿐이거든. 어머니가 아시면 드러누울 거야. 그래서 네가
그 사람에게 부탁을 좀 하면 어떨까 하고……."

"그래? 그럼 당장 가자고. 이거 참 일이 재미있게 돌아가는군. 포르피리도 너를 만나면 아주 기뻐할 거야."

라주미힌이 흥분되어 소리쳤다.

소냐는 그들과 함께 방을 나왔다. 길모퉁이에서 소냐는 두 사람과 헤어졌다. 혼자 걷게 되니 마음이 가벼웠다.

그 때 소냐의 뒤를 밟는 남자가 있었다. 그러나 소냐는 전혀 눈치를 채지 못했다.

'어디로 가는 것일까? 저 얼굴은 어디서 본 듯한데……'

그 남자는 소냐의 얼굴을 기억 속에서 더듬었다.

'얼른 뒤따라가자.'

그는 발소리를 죽이며 소냐를 따라 건물로 들어갔다.

소냐는 3층 9호실 앞에서 초인종을 눌렀다.

그 집은 재봉사 카페르나우모프 집이었다. 소냐는 그 집에 세들어 살고 있었다.

'참 기묘한 인연이군.'

그 남자는 옆방인 8호실 초인종을 누르면서 소냐에게 유쾌하게 말을 걸었다.

"바로 이웃이군요. 나는 여기 온 지 사흘밖에 안 되었습니다. 그럼, 또 뵙겠습니다."

소냐는 대답을 하지 않았다. 문이 열리자 재빨리 안으로
들어갔다. 왠지 꺼림칙하고 부끄러웠기 때문이었다.

라주미힌은 전에 없이 흥분한 채 포르피리를 찾아갔다.

"네가 전당포 할머니에게 전당 잡힌 줄은 몰랐어. 포르피리는
조금 무뚝뚝하기는 하지만 상당히 영리하고 똑똑해.
작년에도 도대체 실마리가 풀리지 않는 살인 사건을 잘
해결했거든. 아무튼 그는 너와 무척 사귀고 싶어했어."

라스콜리니코프는 라주미힌을 힐끔 쳐다보며 물었다.

"왜?"

"네가 병이 났을 때 내가 네 이야기를 많이 했거든.
우리가 찾아가면 정말 기뻐할 거야."

두 사람은 어느 새 포르피리 집까지 갔다.

포르피리는 키가 좀 작고 통통했다. 눈빛은 맑은 물처럼
파랗고 얼굴이 갸름했다. 그런데 뜻밖에도 그의 집에는
자묘토프가 와 있었다. 포르피리는 의자에 앉아서
라스콜리니코프를 바라보기만 했다. 라스콜리니코프는 전당
잡힌 물건에 대해서 간단히 이야기했다. 돈이 없어서 전당
잡힌 물건을 지금 당장 찾을 수는 없지만 우선 신고만이라도
해 두려고 왔다고 찾아온 용건을 말했다.

포르피리는 아주 사무적인 말투로 대답했다.

"경찰에 신고서를 내셔야겠군요. 아니면 나에게 제출해도 됩니다. 나는 예심 판사니까요."

포르피리는 눈을 가늘게 뜨고 라스콜리니코프를 쏘아보았다.

'다 알고 있구나.'

라스콜리니코프의 머리에는 번개처럼 이 생각이 스쳐 갔다.

"죄송합니다. 대수롭지 않은 일로 폐를 끼쳐 드려서."

라스콜리니코프는 당황해하면서 말을 이었다.

"5루블밖에 되지 않는 물건이지만 제게는 기념품이라서 없어서는 안 될 물건입니다. 그래서 이 사건 이야기를 들었을 때는 몹시 놀랐습니다."

"그래서 어제 조시모프에게 포르피리가 전당 잡힌 사람들을 조사한다는 말을 하니까 그렇게 놀랐군."

라주미힌이 끼어들며 말했다.

라스콜리니코프는 노여움이 끓어올라 참을 수가 없었다.

쓸데없이 끼어드는 라주미힌이 미워 그를 노려보았다.

그러나 곧 마음을 가라앉히고 침착하게 말했다.

"네가 보기에는 하찮은 물건일지 몰라도 내게는 무엇보다 소중한 물건들이야. 나를 비웃으려면 비웃어. 하지만 지금은 어머니가 오셨거든. 만약 어머니가 알게 되면……."

라주미힌은 펄쩍 뛰며 외쳤다.

"절대 그런 뜻이 아니었어! 오히려 정반대의 뜻이었다고!"

라주미힌이 포르피리에게 물었다.

"참, 포르피리! 왜 라스콜리니코프를 만나고 싶어했어?"

"전당 잡힌 사람들 중에 아직 신고하러 오지 않은 사람은
라스콜리니코프 씨 한 사람뿐이었거든……."

포르피리는 라주미힌을 쳐다보며 대답했다.

"몸이 좀 불편해서요……."

라스콜리니코프는 더듬거리며 변명했다.

"알고 있습니다. 그 이야기는 이미 들었습니다."

포르피리는 아주 냉정하게 잘라 말했다.

"그런데 참, 저는 얼마 전에 잡지에 실린 당신 논문을
읽었습니다. 당신은 '미래의 지배자'는 정의를 위해서라면
살인을 해도 된다고 쓰셨던데 정말 그렇게 생각하십니까?"

포르피리는 라스콜리니코프에게 날카로운 질문을 던졌다.

라스콜리니코프는 그가 어떤 의도로 그런 질문을 하는지
알 것 같았다. 그는 비웃음을 가득 담고 말했다.

"제 논문을 제대로 이해하셨군요. 하지만 저는 다만 '비범한'

사람은 자신의 양심상 모든 장애를 제거할 수 있는 권리를
가졌다고 말한 것뿐입니다. 조금 지나친 해석을 하셨군요."
옆에서 두 사람의 말을 잠자코 듣던 자묘토프가 물었다.
"그럼 혹시 전당포 할머니를 죽인 범인도 당신이 말하는
그 '미래의 지배자'란 말입니까?"
라스콜리니코프는 자묘토프의 말은 들은 체도 않고 자리에서
일어섰다.
"가시려고요? 여기까지 와 주셔서 고맙습니다. 참, 당신이
마지막으로 그 전당포에 간 시각은 7시가 지나서였지요?"
포르피리가 느닷없이 물었다.
"그렇습니다."
"그 때 혹시 계단을 올라가면서 2층 방문이 열려 있는 것을
보지 못했습니까? 칠장이들이 일을 하고 있었는데요."
'흥, 이제 내게 올가미를 씌우려 하는구나. 옴짝달싹 못 하게.'
라스콜리니코프는 시치미를 뚝 떼고 대답했다.
"칠장이라고요? 보지 못했는데요. 방문이 열려 있던 집은 4층
한 집뿐이었습니다. 독일 사람이 이사를 가고 있었는데, 그 때
짐을 나르던 사람 하나가 나를 밀어서 하마터면 계단에서
굴러 떨어질 뻔했습니다."

라주미힌이 이상한 눈치를 채고 포르피리에게 화를 냈다.

"지금 이 친구한테 뭘 묻는 거야? 칠장이들이 칠을 한 건
살인 사건이 일어난 그 날이고, 이 친구는 살인 사건 전에
그 곳에 갔잖아."

"아, 내가 착각을 했군. 이거 죄송합니다."

포르피리가 정중하게 사과했다.

라스콜리니코프와 라주미힌은 언짢은 기분으로 포르피리에게
인사를 하고 나왔다.

라스콜리니코프는 곧바로 하숙집으로 왔다. 그는 얼른
방문을 꼭 잠그고 훔친 물건을 넣었던 벽지 속을 샅샅이
살폈다. 아무것도 없었다.

'이제야 안심이다.'

라스콜리니코프는 그제야 다시 밖으로 나왔다.

"저 사람이 바로 당신이 찾는 사람이오."

문지기가 어떤 남자에게 라스콜리니코프를 가리키며
말했다. 그 남자는 낡은 모자를 쓰고 머리를 아래로 숙이고
있었기 때문에 온몸이 구부정하게 보였다. 그 남자는
라스콜리니코프를 보자 아무 말도 없이 몸을 돌려 거리로
걸어갔다. 라스콜리니코프는 그 남자를 쫓아가 물었다.

"당신은 누구시죠? 왜 남의 뒤를 캐고는 그냥 가는 겁니까?"

그 남자는 라스콜리니코프를 음흉한 눈빛으로 바라보았다.

"살인자!"

그 남자는 대뜸 퉁명스럽게 말했다.

"뭐라고요?"

"바로 당신이 살인자야."

그 남자는 의기양양한 미소를 띠고 골목길로 사라졌다.

공포에 질린 라스콜리니코프는 다리가 후들후들 떨렸다.

그는 간신히 하숙집으로 돌아와 소파에 정신 없이 쓰러졌다.

라스콜리니코프는 그 남자에 대한 생각이 얽혀 도무지 갈피를

잡을 수가 없었다.

'그 사람은 누굴까?'

라스콜리니코프의 머리는 아까 그 남자 생각으로 꽉 찼다.

머리가 어지러웠다. 이런 생각을 떨쳐 버리려 할수록

거미줄처럼 칭칭 감기기만 했다.

라스콜리니코프는 별안간 걸음을 멈추고 맞은편 거리를

바라보았다. 어떤 남자가 손짓을 했다. 라스콜리니코프는

길을 건너 그 남자에게로 다가갔다. 그런데 그 남자는 몸을

획 돌려 걸어갔다. 머리를 숙인 채 뒤도 돌아보지 않았다.

'저 남자가 내게 손짓을 하지 않았나? 분명히 보았는데.
헛것을 본 게 아니야. 분명히 보았어.'
라스콜리니코프는 그 남자를 따라 갔다. 그 남자는 어느
집으로 들어갔다. 라스콜리니코프는 그를 따라 방에까지
들어갔다. 방 안에는 달빛이 비쳤다. 어떤 할머니의
웃음소리가 들려왔다. 꼭 미친 사람이 웃는 것 같았다.
'에잇!'
라스콜리니코프는 그 할머니의 머리를 도끼로 내리쳤다.
그런데 그 할머니는 죽지 않았다. 오히려 더 큰 소리로
깔깔거리며 웃었다.
'달아나야지.'
라스콜리니코프는 이렇게 마음먹었지만 꼼짝달싹도 할 수가
없었다. 그는 비명을 지르려다가 잠에서 깨어났다.
꿈이었다. 그러나 그는 지금도 여전히 꿈 속을 헤매는 듯했다.
방문이 열려 있고, 어떤 남자가 방 안에 서 있었다.
"당신은 누구요?"
라스콜리니코프가 눈을 둥그렇게 뜨고 물었다.
"나는 아르카지 이바노비치 스비드리가일로프라고 합니다."
라스콜리니코프는 낯선 사람을 미심쩍은 눈으로 바라보았다.

두냐의 눈물

"나는 두 가지 일로 당신을 찾아왔습니다. 첫째는 당신을
직접 만나 보고 싶었습니다. 오래 전부터 당신에 대한 좋은
소문을 많이 들었거든요. 둘째는 당신의 여동생 두냐에 대해
어떤 계획을 가지고 왔습니다. 그런데 두냐는 나를 만나
주지 않을 것 같아서 당신의 도움을 받으러 찾아왔습니다.
반대하지 않으리라 믿습니다."
스비드리가일로프는 조금도 당황하지 않고 말했다.
"그렇다면 잘못 오신 것 같습니다."
라스콜리니코프는 칼로 무 자르듯 딱 잘라 말했다.

그러나 스비드리가일로프는 능글맞게 웃기만 할 뿐
도무지 나가려고 하지 않았다.

라스콜리니코프는 더 이상 참지 못하고 거칠게 말했다.

"당신은 당신의 아내 마르파 페트로브나도 죽였다면서요?"

"당신도 그 소문을 들었나 보군요. 하지만 그 문제는 조금도
제 양심에 거리낄 것이 없습니다. 아내는 술을 많이 마시고
목욕탕에 들어갔다가 심장 마비를 일으켰습니다. 이것이
시체를 검사한 의사의 말입니다."

라스콜리니코프는 약간 호기심이 생겨 다시 물었다.

"왜 나와 사귀고 싶어합니까? 그 많은 사람 중에서."

"사실 전 이 곳에 아는 사람이 많습니다. 8년 전에 여기서
살았거든요. 그러다가 어떤 일로 감옥에 갈 뻔했습니다.
바로 그 때 마르파 페트로브나가 보증을 서서 문제를 해결해
주었습니다. 그러고는 나를 시골로 데려갔지요. 난 그 곳에서
그녀와 결혼을 하고 지금까지 줄곧 시골에서 살았습니다.
아내는 내게 돈을 많이 주었습니다. 나는 그 돈으로 땅을 많이
사서 부자가 되었습니다. 그리고 책도 많이 읽었습니다. 내가
너무 열심히 공부한다고 아내가 걱정할 정도였지요."

"부인이 그리운가 보죠?"

"그렇게 보입니까? 하긴 그럴지도 모르겠습니다.
그런데 당신은 유령을 믿습니까?"

"어떤 유령 말입니까?"

"어떤 유령이라니요? 보통 유령 말입니다."

"당신은 그걸 믿습니까?"

"글쎄요. 믿는다고도, 믿지 않는다고도 딱 잘라
말할 수가 없군요."

"당신은 유령이 정말 나타난다고 생각하시는 모양이군요."
라스콜리니코프의 말에 스비드리가일로프는 이상한
눈초리로 그를 바라보았다.

"가끔 죽은 아내가 나타납니다. 벌써 세 번이나 나타났지요.
내가 그 유령을 처음 본 것은 바로 아내의 장례날 묘지에서
돌아오고 1시간 뒤였습니다. 두 번째는 그저께 동이 틀 무렵
말리 베셰르 정거장에서였고요. 세 번째는 바로 두 시간
전이었는데 지금 묵고 있는 방에서였습니다. 유령은 내가
혼자 있을 때만 나타나곤 했습니다."

"꿈이 아니고요?"
라스콜리니코프가 눈을 반짝이며 물었다.

"꿈이라니요. 세 번 다 눈을 뜨고 있었습니다.

나와 1분 정도 이야기를 하다가 문 쪽으로 사라졌습니다.

지금도 그녀의 발소리가 들리는 듯합니다."

스비드리가일로프는 무슨 생각에 잠긴 듯했다.

라스콜리니코프는 그 말을 그대로 믿을 수가 없었다.

"의사의 진찰을 한 번 받아 보시지요."

"무슨 말씀인지 알겠습니다. 어디가 나쁜지는 모르겠지만

건강이 나쁜 것은 사실이죠. 하지만 내가 당신보다 다섯 배는

더 건강한 것 같은데요. 그런데 당신은 유령을 믿습니까?"

"누가 그런 걸 믿습니까?"

라스콜리니코프는 머리를 흔들면서 잘라 말했다.

"유령은 다른 세계의 한 부분이며 시작입니다. 건강한

사람에게는 유령이 보이지 않습니다. 왜냐 하면 땅 위에서

사는 사람이므로 이 세상의 질서에 따라 살아가기

때문입니다. 그러나 병든 사람은 언젠가는 이 세상을 떠나야

합니다. 완전히 숨을 거두면 다른 세계로 옮겨 가 다른

세계의 일을 볼 수 있게 됩니다. 나는 오래 전부터

이 생각을 하고 있었습니다."

스비드리가일로프는 설교하듯 길게 말했다.

'이 사람 완전히 미쳤군.'

라스콜리니코프는 이렇게 생각했다.

"그런데 오늘 나를 찾아온 용건이 뭡니까?

저는 지금 바로 외출을 해야 됩니다."

라스콜리니코프가 대답을 재촉했다.

"아, 미안합니다. 두냐는 루진 씨와 결혼을 합니까?"

"그 애 이름을 함부로 말하지 마십시오."

"나는 두냐 이야기를 하러 왔습니다. 그런데 어떻게

이름을 말하지 않을 수 있겠습니까?"

"그럼 될 수 있는 한 간단히 말하십시오."

"루진은 내 아내의 친척입니다. 루진은 두냐와 결혼할 자격이

없는 사람입니다. 두 사람의 결혼을 막아야 합니다."

"너무 뻔뻔스럽군요. 말을 삼가시오."

"나는 두냐에게 10,000루블을 주고 싶습니다. 10,000루블은

제게 있으나마나한 돈입니다. 만약 두냐가 받아 주지

않는다면 나는 그 돈을 마구 써 버릴 것입니다. 나는 두냐에게

사과하고 곧 다른 처녀와 결혼할 생각입니다. 믿어 주십시오.

두냐에게 뭔가 도움을 주고 싶을 뿐 다른 생각은 조금도

없습니다. 화만 내지 마시고 두냐를 만나게 해 주십시오.

아내가 유언으로 두냐에게 3,000루블을 남겼습니다. 죽기 일

주일 전에 유언장을 썼습니다. 이삼 주일 후면 돈을 받을

것입니다. 이만 가 보겠습니다. 나는 이 근처에 묵고 있습니다."

스비드리가일로프는 넉살 좋게 말하고 방을 나갔다.

바로 그 때 라주미힌이 들어왔다. 두 사람은 어머니와

두냐가 있는 여인숙으로 가기 위해 이내 밖으로 나왔다.

"저 사람은 누구야?"

라주미힌은 방문 앞에서 마주친 사람이 누군지 궁금했다.

"스비드리가일로프라는 사람이야. 전에 두냐가 가정 교사를

하던 집 주인이지. 두냐에게 엉큼한 마음을 품고 있었어.

그런데 갑자기 그 아내가 죽었단 말이야. 그게 꺼림칙해.

아내의 장례식이 끝나기가 무섭게 여기로 온 것도 그렇고.

나는 저 사람의 행동이 불안해. 네가 두냐를 지켜 줬으면

좋겠어. 내 간절한 부탁이야. 괜찮겠지?"

"그까짓 것 걱정 마. 네 부탁이 아니더라도 그런 일이라면

당연히 내가 해야지. 네 동생인데."

이야기를 하다 보니 두 사람은 어느 새 여인숙에 닿았다.

그들은 여인숙 복도에서 루진과 딱 마주쳤다. 그러나 서로

마주 보지도 않고 인사조차 하지 않았다. 세 사람은 두냐의

안내를 받아 방으로 들어간 뒤에도 한동안 말이 없었다.

"루진 씨, 마르파 페트로브나 씨가 돌아가셨답니다."

어머니가 어색한 침묵을 깨려고 입을 열었다.

"알고 있습니다. 내가 여기에 온 것도 스비드리가일로프 씨가
아내의 장례를 치르자마자 여기로 달려왔기 때문입니다."

"그 사람이 여기에 왔다고요?"

두냐가 불안한 얼굴로 어머니를 바라보았다.

"아니 그 사람이 여기서 또 두냐를 괴롭히려는 게 아닐까?"

어머니도 몹시 걱정이 되는 얼굴로 말했다.

"그가 이 곳에 온 건 보통 일이 아닙니다. 그의 몹쓸 행동은
널리 소문이 나 있습니다. 하녀를 괴롭혀 자살하게 한 거나,
아내를 죽였다는 소문도 있습니다. 주의해야 될 사람이란 걸
말씀드립니다. 그가 아내로부터 유산을 얼마나 받았는지는
모르지만 그 돈은 틀림없이 1년 안에 바닥이 날 것입니다.
그는 결국 감옥살이를 면치 못할 것입니다."

루진이 있는 말 없는 말 가리지 않고 말했다.

"루진 씨! 내 앞에서 그 사람 이야기는 하지 마세요."

두냐는 기분이 퍽 나빠 보였다.

"조금 전에 그 사람이 왔더군."

라스콜리니코프가 한 마디 거들었다.

어머니와 두냐는 깜짝 놀랐다.

"바로 한 시간 전쯤일 거야. 불쑥 나를 찾아와서는
두냐 너를 만나게 해 달라는 거야. 자기 아내가 너에게
3,000루블을 준다는 유언을 남겼다고 하더라.
아마 며칠 안에 그 돈을 받게 될 거라고 하던데."

어머니는 돈을 준다는 말에 기쁨을 참지 못했다.

"세상에! 이렇게 고마울 수가! 두냐야! 그분을 위해서
기도하렴. 암, 기도해야지. 그런데 로쟈야! 그 사람이
두냐에게 무슨 이야기를 하려는 걸까?"

어머니는 그게 몹시 궁금한 모양이었다.

"어머니! 나중에 말할게요."

라스콜리니코프는 루진이 있어 말하기가 거북했다.

"그럼 저는 볼일이 있어서 먼저 가 보겠습니다."

루진이 자리를 뜨려고 하자 두냐가 말했다.

"루진 씨! 오늘은 오래 이야기하고 가겠다고 했잖아요."

"두냐 양! 당신 오빠가 내 앞에서 스비드리가일로프 씨
이야기를 하는 것이 귀에 거슬리는군요. 또 내가 편지로
부탁했던 일이 이루어지지 않았으니 더 이상 앉아 있어 봐야
별 볼일 없는 것 아닙니까?"

루진이 몹시 거드름을 피우며 말했다.

"오빠를 싫어하시는군요. 저는 두 분이 서로 마주 앉아 말씀을 나누고, 잘못한 것이 있다면 사과하면 될 거라고 생각해서 오빠를 이 시간에 오라고 했어요."

"두냐! 내가 당신을 좋아하는 것과 당신 가족을 좋아할 수 없는 것은 다른 이야기입니다. 일생을 함께할 남편에 대한 사랑과 형제간의 사랑은 다릅니다. 어제 당신 오빠는 라주미힌 앞에서 나를 모욕했습니다. 내가 가난한 집 딸과 결혼하는 것이 부잣집 딸과 결혼하는 것보다 살아가는 데 더 좋고 도덕적이라고 했던 말을 어머니께서 뭐라고 전하셨는지 나를 아주 나쁜 인간으로 생각하고 있더군요."

"우리는 당신을 나쁘게 생각하지 않아요. 만일 그렇게 생각했다면 여기까지 오지도 않았을 거예요. 루진 당신은 로쟈의 잘못만 탓하는데 아까 보니 당신도 편지에다 거짓말을 썼더군요."

어머니도 화가 나서 따지고 들었다.

"나는 거짓말을 한 적이 없습니다."

"그래요? 내가 어제 마차에 치여 죽은 사람의 부인에게 돈을 준 걸 그 집 딸에게 줬다고 썼더군요. 그 집 딸을 저는 어제

처음 보았습니다. 나와 가족 간에 싸움을 붙이려고 그런 말을
한 것 아닙니까? 그런 못된 중상 모략이 어디 있습니까?"
라스콜리니코프는 날카로운 목소리로 말했다.

"그 편지에 내가 당신의 성격과 행동에 대해 말한 것은 당신
어머니와 동생의 부탁을 받았기 때문입니다."
루진은 몸을 부들부들 떨며 대꾸했다.

"당신이 얼마나 훌륭한지는 모르겠습니다. 하지만 당신의
장점을 다 긁어모은다 해도 당신이 비웃는 그 불쌍한 처녀의
새끼손가락만한 가치도 없을 것 같군요."

"이야기는 다 끝났습니다. 다시는 이런 만남이 이루어지지
않기를 바랍니다. 모처럼 이루어진 모자간의 만남을
방해하고 싶지 않군요."
어머니는 루진의 건방진 태도에 몹시 기분이 상했다.

"루진 씨! 당신은 우리를 손 안에 쥐고 마음대로 하려고
하는군요. 어떻게 그럴 수가 있어요. 우리는 당신을 믿고
여기까지 왔는데……."

"천만에요. 오히려 3,000루블이나 되는 유산 이야기를 들은
뒤부터 두 분의 태도가 달라졌습니다."

"그리고 보니 당신 속셈이 무엇인지 알 만하군요."

두냐도 발칵 화를 냈다.

"이 방을 나가면 다시는 돌아오지 않을 것입니다."

루진이 두냐의 태도에 입술을 바르르 떨면서 말했다.

"저도 당신이 돌아오기를 바라지 않아요. 어서 나가 주세요."

두냐가 자리에서 벌떡 일어나면서 소리쳤다.

루진은 두냐가 이러리라고는 꿈에도 생각하지 못했다.

"결혼을 하겠다고 해서 쓸데없이 돈만 쓴 꼴이 되었군."

"아니, 뭐가 어쩌고 어째. 돈만 쓰게 했다고? 우리 짐은

차장이 무료로 실어 주었고, 우리 여비는 우리가 마련했는데

당신이 무슨 돈을 썼다고 그러는 거죠?"

어머니가 분을 참지 못해 와들와들 떨었다.

"어머니! 그만두세요. 이만하면 됐어요."

두냐가 애원했다.

"루진 씨! 빨리 나가 주세요."

"나가 주다뿐입니까? 마지막으로 한 마디 하겠습니다.

나는 두냐 당신이 나쁜 소문에 빠졌을 때 청혼을 했습니다.

나는 당신을 나쁜 소문으로부터 구해 준 은인입니다.

이런 나를 무시하다니……."

"당장 나가 주시오!"

라주미힌이 참다 못해 소리쳤다. 루진은 몸을 획 돌려 밖으로
나가 버렸다. 루진은 벼락출세를 한 사람으로 자존심이
강하고, 자기의 재주를 무척 자랑스러워하였다. 그러나 가장
자랑스럽게 여기는 것은 온갖 방법으로 얻은 재산이었다.
그는 돈이 제일이고, 돈이면 안 되는 것이 없다고 생각하였다.
두냐와 결혼하려는 것도 그런 생각이 깔려 있었다. 그는
자기보다 많이 배우고 교양도 있는 두냐를 이용하려던 마음을
오늘에야 그대로 드러낸 셈이었다. 그러니 두냐가 화를 내는
것도 당연한 일이었다. 결혼은 저절로 깨지고 말았다.
"어머니! 제가 나빴어요. 그렇게 나쁜 사람인 줄은 몰랐어요."
루진이 나간 뒤 두냐는 어머니를 껴안고 말했다.
두냐의 두 눈에 눈물이 고였다.
"그래, 화가 복이 된다는 말이 있잖니? 너를 하느님이 구해
주신 게다. 잘 됐다. 그런 사람과 결혼하면 넌 평생 노예처럼
고생만 했을 거야. 그는 사람을 사랑으로 대하는 것이 아니라
노리개로 생각하고 있었거든. 하느님이 우리 두냐를
지옥에서 구해 주신 거야. 우리 기뻐하자."
어머니의 말에 두냐는 눈물을 거두고 웃었다.
방 안에는 모처럼 웃음이 감돌았다.

"무거운 짐을 내려놓은 듯합니다. 가슴이 후련하군요."

라주미힌도 가슴을 쓸어 내리며 좋아했다.

"오빠! 스비드리가일로프 씨가 뭐라고 말했어요?"

두냐가 궁금한 것을 물었다.

"너에게 10,000루블을 주겠다더라. 또 내가 보는 앞에서
너를 꼭 한 번 만나고 싶다고 했어."

"그게 무슨 말이니? 그건 안 된다. 그런 뻔뻔스러운 사람을 만나서 뭘 하게."

어머니가 펄쩍 뛰면서 머리를 흔들었다.

"오빠는 그 사람한테 뭐라고 했어요?"

"나도 절대로 안 된다고 했지. 그러나 그는 어떤 수단을 써서라도 너를 꼭 만나겠다고 하더라. 너에게 사과하고 다른 처녀와 결혼을 하겠다고 했어."

"그 사람, 분명히 무슨 일을 꾸미고 있을 거예요."

두냐의 얼굴이 굳어졌다.

"두냐! 우리 큰아버지가 3,000루블을 빌려 주신다고 했습니다. 그 돈이 생기면 우리 다 함께 출판사를 하나 차립시다. 나는 출판사 일을 잘 압니다. 좋은 외국 서적을 번역해서 팔면 돈이 꽤 모일 것입니다. 저는 벌써 봐 둔 원고가 있습니다. 먼저 작은 돈으로 시작해서 돈을 좀 모으면 그것으로 우리 둘은 충분히 먹고살 수 있을 것입니다."

라주미힌의 말에 두냐의 눈이 반짝 빛났다.

"지금 하신 말씀 참 멋지군요."

라주미힌의 얼굴에 미소가 번졌다.

"오빠는 어떻게 생각해요?"

"좋지. 잘 될 거라고 믿어."

라스콜리니코프의 말에 라주미힌은 뛸 듯이 기뻤다.

그 때 라스콜리니코프가 슬며시 일어났다.

"로쟈야! 벌써 가려는 거니?"

"어머니! 이것이 마지막 인사일지도 모릅니다."

"얘야! 그게 무슨 소리니?"

어머니 눈이 둥그레졌다. 어머니 얼굴에 슬픔이 고였다.

"그냥 좀 가야 할 곳이 있거든요. 어쩌면 다시 올지도
모르지만 오지 않더라도 기다리지 마세요. 두냐! 사랑해."

"어디를 가는데 그러니, 얘야?"

어머니는 애타는 눈으로 아들을 바라보았다.

라스콜리니코프는 허둥대며 밖으로 나갔다. 방 안에 있는
사람들은 뭔지 모를 두려움에 휩싸였다.

"네가 달려나올 줄 알았어."

복도 끝에서 기다리던 라스콜리니코프가 뛰어나오는
라주미힌을 보고 말했다.

"우리 두냐를 부탁해. 그리고 앞으로 나를 찾지 마."

라스콜리니코프는 이 말을 남기고 밖으로 나갔다. 밖은 이미
어두웠다. 라스콜리니코프의 발걸음은 소냐 집으로 향했다.

소냐의 근심

"어서 오세요."

소냐의 눈이 놀람과 반가움으로 빛났다. 소냐의 집은

녹색으로 칠한 낡은 3층집이었다. 라스콜리니코프는 소녀의

안내를 받아 방으로 들어갔다. 방은 컸으나 천장은 낮았다.

"밤늦게 와서 미안해요. 벌써 밤 11시죠?"

라스콜리니코프는 소녀를 바라보지 않고 물었다.

"그런가 봐요. 방금 주인집 시계가 11시를 쳤거든요."

소녀는 수줍어하면서 대답했다.

"내가 당신을 찾아오는 것도 이게 마지막이 될 것입니다."

소냐는 라스콜리니코프의 말을 얼른 이해하지 못했다.

"어쩌면 당신을 영원히 못 보게 될지도 모르겠습니다."

라스콜리니코프의 말에는 비장함이 서려 있었다.

"어디 멀리 떠나세요?"

"아직 잘 모르겠습니다."

라스콜리니코프는 소냐에게로 눈길을 돌렸다. 그는 동정어린
눈빛으로 상냥하게 소냐를 바라보았다.

"언젠가 당신 아버님이 당신 얘기를 해 주셨습니다."

라스콜리니코프는 방을 둘러보면서 말했다.

"오늘 뵌 듯한 생각이 들어요."

소냐는 당황해서 말을 더듬거렸다.

"누구를요?"

"우리 아버지요. 오늘 거리를 걷고 있는데 꼭 아버지 같은
사람이 지나가는 걸 보았어요. 혹시나 해서 어머니에게
알리려고까지 했어요."

"당신은 어머니를 사랑합니까?"

"그럼요."

소냐가 슬픈 얼굴로 말했다.

"우리 어머니는 고생을 너무 많이 해서 머리가 조금

이상해졌어요."

"소냐! 당신은 앞으로 어떻게 살아갈 생각입니까?"

"잘 모르겠어요."

"당신 어머니는 폐결핵 때문에 오래 살지는 못할 것입니다.
그러면 동생들은 어떻게 되겠습니까?"

라스콜리니코프는 걱정어린 얼굴로 물었다.

"몰라요."

소냐의 얼굴이 어두워졌다.

"아마 동생들은 거리에서 구걸을 하다 마지막엔 감옥에
갇히게 되겠지요."

"아니에요. 그런 일은 하느님이 허락하지 않으실 거에요."

"하느님이 허락하지 않는다고요?
어쩌면 하느님이 없는지도 모르는데요?"

소냐는 라스콜리니코프의 말이 야속해서 못마땅한 얼굴로
그를 쏘아보았다. 라스콜리니코프는 그런 소냐를 뚫어지게
보다가 갑자기 바닥에 엎드려 소냐의 발에 입을 맞추었다.

"이게 무슨 짓이에요? 나 같은 여자에게 절을 하시다니요?"

소냐는 새파랗게 질려 중얼거렸다.

"나는 당신에게 절을 하는 것이 아닙니다.

인류의 고통 앞에 절을 하는 것입니다."

라스콜리니코프는 못마땅한 듯 쏘아붙이며 창가로 갔다.

"소냐! 내 말 좀 들어 봐요."

라스콜리니코프는 잠시 후 다시 소냐 앞으로 갔다.

"조금 전 어떤 녀석한테 그놈이 당신의 새끼손가락만도 못하다고 말해 주었어요."

라스콜리니코프는 아까 루진에게 한 말을 이야기했다.

"나는 더러운 여자요, 죄인이에요. 왜 그런 말을 하셨어요?"

"나는 당신의 위대한 고통을 두고 한 말입니다. 당신은 위대한 고통을 간직하고 있습니다. 당신이 죄인이라는 것은 쓸데없는 일에 자신을 죽였기 때문이지요. 이런 짓을 해도 남을 돕거나 구할 수는 없습니다. 이런 치욕스러운 일을 하면서 동시에 성스러운 감정을 지닐 수 있습니까? 차라리 물 속으로 뛰어들어 삶을 끝내는 게 더 현명한 일이 아니겠습니까?"

"그럼 어머니와 동생은 어떡하라고요?"

소냐는 슬픈 얼굴로 라스콜리니코프를 쳐다보며 물었다.

소냐의 말에는 놀라는 빛이 전혀 없었다.

"소냐! 당신은 하느님께 열심히 기도를 드립니까?"

"하느님이 안 계셨더라면 난 어떻게 되었을지 몰라요."

소녀는 갑자기 눈을 빛내며 힘있게 대답하고는

라스콜리니코프의 손을 꼭 잡았다.

"소냐! 하느님은 당신에게 아무것도 해 주지 않았습니다."

소녀는 라스콜리니코프를 쏘아보더니 재빨리 말했다.

"그분은 모든 것을 해결해 주시지요!"

장롱 위에는 성경책이 한 권 있었다.

라스콜리니코프가 그것을 집어 들고 물었다.

"이 책은 어디서 났습니까?"

"리자베타가 갖다 주었어요. 도끼에 맞아 죽은 여자 말이에요.

지난 주에 추도식이 있었잖아요."

'리자베타라! 기묘하군.'

라스콜리니코프는 생각에 잠겼다.

"리자베타는 정직한 사람이었어요. 가끔 여기 와서 책도 읽고

이야기도 했는데."

라스콜리니코프는 소녀가 리자베타와 친했다는 것이 몹시

마음에 걸렸다.

"나사로가 부활했다는 이야기는 어디 있습니까?

좀 찾아 주세요."

"여기 요한복음에 씌어 있어요."

소녀가 성경 구절을 가리켰다.

"저에게 좀 읽어 주세요. 어서요."

라스콜리니코프는 초조한 마음으로 졸랐다. 소녀는 망설였다.

읽고 싶은 마음이 들지 않았다.

"읽어 드린들 무슨 소용이 있겠어요. 당신은 하느님을

믿지 않는걸요."

소녀는 한숨을 쉬면서 중얼거렸다.

"부탁입니다. 한 번만 읽어 주십시오. 꼭 들어 보고 싶습니다."

소녀는 책장을 넘기며 그 구절을 찾았다. 그녀의 손이 몹시

떨렸다. 목소리도 나오지 않았지만 힘을 모아 읽기 시작했다.

"……예수께서 '나는 부활이요 생명이니 나를 믿는 사람은

죽더라도 살겠고, 또 살아서 믿는 사람은 영원히 죽지 않을

것이다. 너는 이것을 믿느냐?' 하고 물으셨다……."

소녀가 마침내 나사로가 부활한 대목을 읽어 내려갔다.

라스콜리니코프는 귀 기울여 들었다.

소녀가 성경을 다 읽고 일어섰다.

"나는 오늘 어머니와 동생을 버리고 왔습니다. 지금 나에게는

당신 한 사람뿐입니다. 함께 갑시다. 당신도 나와 마찬가지로

하느님께 버림받은 인간입니다. 그러니 함께 갑시다!"

라스콜리니코프의 눈은 이글이글 불타고 있었다.

'미치광이 같아.'

소냐의 머릿속에는 이런 생각이 자리잡았다.

"어디로 가는데요?"

"나도 모릅니다. 다만 알 수 있는 것은 같은 길이라는 것뿐입니다. 그것만은 확실합니다. 목적이 같기 때문입니다. 당신도 나와 똑같은 일을 했지 않습니까? 당신 역시 선을 넘어선 거예요. 당신은 자기 몸에 손을 댔고, 스스로를 죽였어요. 그러니 우리는 같은 길을 걸어가야 됩니다. 어차피 폐결핵이 심한 당신 어머니는 죽게 될 테고, 일곱 살짜리 어린 동생은 결국 도둑이 될 것입니다."

"그럼, 어떡하면 좋아요?"

"어떡하긴 뭘 어떻게 합니까? 파괴할 것은 단번에 파괴해야 됩니다. 그리고 고통을 스스로 짊어지는 거예요! 자유와 권력, 그 중에서도 중요한 것은 권력이에요! 이것을 잘 기억해 두세요. 당신과 이야기하는 것도 이게 마지막일지 모릅니다. 만약 내가 다시 오지 않으면 나에 대한 소문을 듣게 될 것입니다. 하지만 내가 다시 여기에 온다면 그 땐

리자베타를 누가 죽였는지 말해 주겠습니다."

소냐는 그의 말이 너무 무서워 벌벌 떨었다.

"그럼, 당신은 리자베타를 누가 죽였는지 알고 있어요?"

"알고말고. 그러니까 가르쳐 준다고 하지 않습니까.

자, 그럼 다시 만납시다."

라스콜리니코프는 훌쩍 떠나갔다. 소냐는 라스콜리니코프를

배웅하며 멍하니 바라보기만 했다.

'저이는 어떻게 리자베타를 죽인 사람을 알고 있을까?

그 말은 무슨 뜻일까? 저이에게 무슨 일이 생겼을까?

저이는 내게 무슨 말을 했던가? 그렇지. '지금 나에게는 당신

한 사람뿐입니다.' 이렇게 말했지. 아! 하느님이시여.'

소냐는 밤새껏 열에 시달렸다. 그런데 그녀가 밤새도록

중얼거리는 소리를 옆방에서 누군가가 엿듣고 있었다.

바로 스비드리가일로프였다. 그는 소냐와 라스콜리니코프가

이야기를 나누는 동안 그들의 이야기를 모조리 엿들었다.

그들의 대화는 그에게 너무나 흥미로웠다.

이튿날 아침 11시에 라스콜리니코프는 경찰서를 찾아가

포르피리 페트로비치에게 면회를 신청했다. 그는 10분 뒤에

사무실로 들어갔다.

옥죄어드는 공포

"여어, 선생! 어서 오십시오. 이렇게 일찍 어떻게
오셨습니까? 자, 우선 여기 좀 앉으십시오."
포르피리는 양 손을 내밀며 말했다. 하지만 정작은
한 손도 주지 않고 곧 거둬 버렸다.
"은시계에 관한 신고서를 가져왔습니다. 이렇게 쓰면
되는지……. 아니면 다시 쓸까요?"
"됐습니다. 이걸로 충분합니다."
포르피리는 신고서를 대강 훑어보고 말했다.
"당신은 어제 제게 살해된 전당포 주인 할머니와 나와의

관계를 물어보겠다고 하셨지요?"

"네, 그랬습니다. 저 안쪽에 제가 쉬는 방이 있습니다.

일하다가 잠시 쉬는 곳이지요. 이런 시설이 있다는 것은

참으로 고마운 일입니다."

포르피리는 웃으면서 딴청을 피웠다.

그러나 라스콜리니코프를 바라보는 눈빛은 날카로웠다.

'모든 것을 꿰뚫어 보고 있어. 저 능글맞은 얼굴을 좀 봐.

고양이가 쥐를 노리는 것과 뭐가 달라.'

라스콜리니코프는 몹시 불안했다.

"저는 매우 바쁩니다. 물어 볼 말이 있으면 빨리 해 주십시오."

하지만 포르피리는 아무 말도 하지 않고 실내를 왔다 갔다

했다. 라스콜리니코프는 짜증이 났다. 당장 포르피리를

때려눕히고 싶었지만 참을 수밖에 없었다.

"라스콜리니코프 씨! 왜 얼굴이 창백하십니까?

창문을 열어 드릴까요? 신선한 공기로 갈아야겠습니다."

"괜찮습니다. 포르피리 페트로비치 씨! 전당포 주인 할머니를

살해한 사람으로 나를 의심하고 있지요?

그렇다면 나를 체포하십시오. 그러나 나를 놀리는 건

용서할 수 없습니다.

절대로 용서할 수 없습니다!"

라스콜리니코프는 몸을 부들부들 떨었다.

포르피리는 물 한 컵을 가지고 왔다.

"자, 우선 물이라도 한 컵 드십시오. 마음이 조금 놓이십니까?

그런데 나는 당신이 깜짝 놀랄 만한 선물을 가지고 있습니다."

포르피리는 음흉한 웃음을 띠며 어떤 문을 가리켰다.

라스콜리니코프가 그 문을 열려고 했지만 문은 잠겨 있었다.

"거짓말! 네 놈은 나를 미치도록 만들어서 꼬리를 잡으려는 거지? 내가 범인이라면 그 증거를 내놔 봐. 어서!"

라스콜리니코프의 고함 소리가 실내를 흔들었다.

그 때 갑자기 밖이 시끌벅적해지더니 문이 빠끔히 열렸다.

"니콜라이를 데려왔습니다."

"안 돼! 다시 데려가! 기다리라고 해! 왜 이렇게 소란스러워?"

포르피리가 소리쳤다. 그 때 한 남자가 사무실로 뛰어들어와 포르피리 앞에 엎드려 말했다. 바로 칠장이 니콜라이였다.

"제가 죽였습니다. 제가 전당포 주인 할머니와 리자베타를 죽였습니다. 모두 저 혼자서 했습니다."

"아니야, 넌 아니야. 더 이상 거짓말을 지껄이지 마!"

당황한 포르피리가 니콜라이에게 달려들어 소리쳤다. 그러나 곧 정신을 차리고 라스콜리니코프에게 정중하게 말했다.

"선생, 죄송합니다! 그만 집으로 돌아가십시오."

라스콜리니코프는 고개를 숙여 인사하고 집으로 돌아갔다.

'니콜라이가 자백했다. 그렇지만 그게 거짓말이라는 것은 곧 밝혀질 거야. 그럼 다시 나를 의심하겠지. 하지만 그 때까지는 자유다. 아니 안전한 시간이다. 이럴 때 소냐를 만나러 가자.'

라스콜리니코프는 밖으로 나가려고 일어섰다. 그 때 갑자기

한 남자가 방으로 들어왔다. 그는 어제 라스콜리니코프에게

'살인자!'라고 손가락질을 했던, 바로 그 남자였다.

"무슨 일로 오셨습니까?"

라스콜리니코프는 가슴이 철렁 내려앉았다.

'무슨 냄새를 맡고 왔을까?'

라스콜리니코프는 불안이 가시지 않았다.

그런데 그는 공손히 절을 한 뒤 조용히 말했다.

"당신이 며칠 전 전당포 건물 앞에서 경비원과 다툴 때,

당신을 경찰에 넘기자고 했던 사람이 바로 접니다. 전 당신을

그냥 보낸 것이 화가 났습니다. 그래서 어제 여기 와서 당신을

확인하고, 당신이 피 이야기를 했다고 예심 판사에게

신고했던 것입니다. 당신이 포르피리 사무실에 있을 때 저는

바로 작은 방에 있었습니다. 니콜라이가 자백하는 바람에

당신과 제가 나오게 된 것입니다. 용서해 주십시오."

"그럼 깜짝 놀랄 선물이 바로 당신이었군요. 이만 돌아가세요.

용서는 하느님이 하실 것입니다."

라스콜리니코프는 그제야 며칠 전 전당포 건물 앞에서

경비원과 다툴 때의 일을 떠올리며 마음을 놓았다. 그러나

자신의 '소심함'이 떠오르자 경멸감과 수치심으로 부끄러웠다.

루진의 속셈

그 날 아침 루진은 일어나자마자 거울을 들여다보았다.

얼굴이 야위어 보였다. 어제 일은 생각할수록 불쾌했다.

'두냐와의 결혼 이야기를 어떻게 되돌릴 수 없을까?'

루진은 이런 생각을 해 보았다.

'내가 마음대로 할 수만 있다면 그 라스콜리니코프를 단번에 없애 버릴 테다.'

루진은 이런 무서운 생각도 했다.

'어쩌자고 나는 두냐에게 선물과 돈을 한 푼도 안 주었을까? 내 실수였어. 1,500루블만 주었어도 파혼을 못 했을 텐데.'

루진은 하루 종일 이 생각으로 안절부절못했다.

소녀의 어머니는 소냐 아버지의 추도식 준비로 분주했다.

그녀는 같은 집에 세들어 사는 사람들을 모두 초대했다.

며칠 전부터 이 집에 살게 된 루진도 물론 초대를 받았다.

'라스콜리니코프도 추도식에 온다고 했다지?'

그는 레베자트니코프가 한 말이 생각났다. 레베자트니코프는

하급 관리로 루진이 시골에 있을 때 가르쳤던 제자였다.

루진은 이 곳에 도착하자마자 레베자트니코프를 찾아갔다.

'방세를 아끼기 위해서라도 당분간 함께 지냈으면

좋겠는데…….'

루진은 결혼할 때까지 한방에서 묵도록 해 달라고 말했다.

마음씨 착한 레베자트니코프는 단번에 허락했다.

"추도식에 가시렵니까?"

레베자트니코프가 물었다.

"나는 설마 그 가난뱅이 바보 여자가 라스콜리니코프에게서

받은 돈을 추도식에 몽땅 써 버릴 것이라고는 꿈에도

생각하지 못했네. 남편의 연금을 받게 될지도 모른다고 알려

주었더니 나를 초대한 모양이야. 하지만 나는 안 가겠네."

"저도 안 갈 생각입니다."

레베자트니코프가 말했다.

"자네, 오늘 추도식을 하는 집 딸 알지?"

"소냐 말입니까?"

"그렇다네. 자네가 그 여자를 좀 불러 주게."

레베자트니코프는 조금 뒤에 소냐를 데리고 왔다.

소냐는 방으로 들어와 놀라는 눈으로 머뭇거렸다.

소냐가 겨우 자리에 앉자 루진은 잔뜩 위엄 있는 표정을
지으며 말했다.

"소냐! 오늘 내가 부득이한 사정으로 추도식에 참석하지
못하게 됨을 어머니께 말씀드려 주십시오."

"그렇게 말씀드리지요. 지금 당장요."

소냐는 의자에서 벌떡 일어났다.

"잠깐만 기다리세요. 다른 일이 또 있습니다."

루진의 말에 소냐는 다시 의자에 앉았다.

소냐는 그를 뚫어지게 쳐다보며 물었다.

"제가 한 가지 여쭤 봐도 될까요? 어제 당신이 우리
어머니에게 연금을 받게 될지도 모른다고 하셨나요?
연금을 받도록 애써 주시겠다고 한 게 사실인가요?"

"나는 공무원 재직 중에 죽은 사람의 미망인에게는 부조금이

조금 나온다고 말했을 뿐입니다. 그런데 당신 아버지는 통 출근을 하지 않아서 그나마도 받을 자격이 없더군요. 그런데 연금이라니 말도 안 되는 소리입니다."

"우리 어머니는 너무 착해서 누구 말이든 쉽게 잘 믿습니다. 그리고…… 그리고…… 지금 어머니는 정신이 온전치 않으세요. 죄송합니다."

소냐는 더 이상 말을 하기가 싫어 의자에서 벌떡 일어섰다.

"아직 이야기가 끝나지 않았습니다. 그러니 앉으세요."

루진은 소냐를 가로막으며 말했다.

"이 돈을 받아 주십시오. 우선 급한 대로 생활비에 보태 쓰세요. 당신 가족을 위한 작은 성의입니다. 하지만 내 이름만은 절대 밝히지 말아 주세요."

루진은 생색을 내듯이 거만하게 말하며 10루블짜리 지폐를 소냐 앞에 내밀었다. 소냐는 얼굴이 빨개진 채 그 돈을 받아 쥐었다. 그녀는 황급히 인사를 하고 얼른 밖으로 나갔다.

한편 소냐 어머니는 추도식 준비에 온 정성을 다 쏟았다. 식탁에 깨끗한 식탁보를 깔고 접시, 나이프, 포크, 찻잔을 놓고 술도 준비했다. 장례식에는 얼굴도 내밀지 않았던 셋방 사람들이 추도식에는 꾸역꾸역 모여들기 시작했다.

"루진 씨는 왜 오지 않을까?"

소냐 어머니는 루진을 몹시 기다렸다. 그가 연금을 많이

받게 해 주겠다고 한 말을 철석같이 믿었기 때문이다.

"어머니! 루진 씨는 사정이 있어서 못 온댔어요."

소냐가 대답했다.

"아무리 바빠도 그렇지. 잠깐 들렀다가 가시면 좋을 텐데."

소냐 어머니는 아쉬움을 떨쳐 버리지 못했다. 이 때

라스콜리니코프가 들어오자 소냐 어머니는 얼굴이 환해졌다.

"어서 오세요. 이렇게 누추한 곳까지 와 주셔서 감사합니다.

불쌍한 제 남편과 살아 있을 때 그토록 가까이 지내셨으니

이렇게 와 주셨군요."

소냐 어머니는 귀부인처럼 공손히 인사했다.

"내가 연금을 타면 고향에 가서 학교를 세울 작정이에요.

물론 소냐도 같이 가서 도와 주기로 했지요."

소냐 어머니는 쿨룩쿨룩 기침을 하면서 황당한 소리를

늘어놓았다. 그러다가 느닷없이 여주인을 헐뜯기 시작했다.

잠자코 듣고 있던 여주인은 화가 나서 버럭 소리를 질렀다.

"나는 이 집 주인이에요. 그러니 당장 짐을 싸서 나가요!"

여주인은 식탁에 달려들어 은숟가락을 치우기 시작했다.

왁자지껄 시끄러운 소리가 울려 퍼지고, 아이들은 울기

시작했다. 소냐는 어머니를 자제시키려고 얼른 달려갔다.

하지만 어머니는 소냐를 밀쳐 내고 사나운 기세로

여주인에게 달려들었다. 바로 그 때 루진이 들어왔다.

"루진 씨! 당신만은 내 편이죠? 이래도 되는 건가요?

불행한 일을 당한 점잖은 부인에게 이렇게 해도 되나요?"

소냐 어머니는 루진이 구세주라도 되는 양, 아이들이

투정부리듯 루진에게 하소연을 늘어놓았다.

"나는 이런 싸움에는 끼어들고 싶지 않습니다.

나는 다만 소냐에게 볼일이 있어서 왔습니다."

루진은 딱 잘라 이렇게 말하고는 소냐 쪽으로 걸어갔다.

소냐 어머니는 루진의 냉정한 태도에 깜짝 놀라 그만

돌부처처럼 우뚝 서 있기만 했다.

루진은 방 안에 있는 사람들을 돌아보며 말했다.

"여러분! 마침 한 자리에 계시니까 참 다행입니다.

아말리야 이바노브나! 당신은 이 집 주인으로서 증인이 되어

주십시오. 소냐! 당신이 조금 전에 내가 묵고 있는 방에

다녀간 뒤 내 책상 위에 있던 100루블짜리 지폐 한 장이

없어졌습니다. 그 돈이 어디 있는지 말해 주면 여러 증인

앞에서 그 일은 없었던 일로 하겠습니다."

소냐는 얼굴이 하얘진 채 아무 말도 못 했다.

"자, 어떻게 할 셈입니까?"

루진은 소냐를 뚫어지게 쳐다보면서 다그쳐 물었다.

"저는 몰라요……. 저는 아무것도 몰라요……."

소냐는 모깃소리만 한 목소리로 겨우 대답했다.

"모른다고요? 정말 모릅니까?"

소냐는 고개만 끄덕였다.

"잘 생각해 보십시오. 당신이 나가고 10분쯤 뒤에 돈을
계산해 보니 100루블짜리 지폐 한 장이 없어졌습니다. 나는
소냐 양의 딱한 처지를 잘 이해하고 있으니 마음놓으세요.
모두 용서할 테니 정직하게 말해 주십시오."

루진의 말에 방 안은 찬물을 끼얹은 듯 조용해졌다.

"나는 아무것도 훔치지 않았어요. 당신은 아까 제게
10루블을 주셨지요. 자, 여기 있어요. 도로 받으세요."

소냐는 10루블짜리 지폐 한 장을 꺼내 루진에게 내밀었다.

"당신은 끝내 100루블을 가져갔다고 고백하지 않는군요."

루진은 꾸짖듯 엄한 목소리로 말했다.

소냐는 방 안을 둘러보았다. 모두들 비웃음이 가득 찬

얼굴로 그녀를 바라보았다. 소냐는 라스콜리니코프를 보았다.
그도 팔짱을 낀 채 소냐를 뚫어지게 바라볼 뿐이었다.

"아, 하느님!"

소냐의 입에서는 가냘픈 목소리가 튀어나왔다.

"아말리야 이바노브나! 경찰에 신고해야겠으니 수고스럽지만
문지기를 불러 주십시오."

"정말 어이가 없군. 난 저 애가 그럴 줄 알았어요!"

여주인은 손뼉을 탁 쳤다. 갑자기 주위가 소란스러워졌다.

"뭐라고요?"

소냐의 어머니가 소리쳤다. 이제 겨우 정신이 든 그녀는
루진에게 달려들었다.

"우리 소냐가 도둑이라고? 누구를 도둑으로 몰아!"

소냐 어머니는 아직도 소냐의 손에 들려진 10루블짜리
지폐를 낚아채더니 꾸깃꾸깃 뭉쳐 루진의 얼굴에 내던졌다.

"이 비열한 자식!"

"저 미친 여자를 붙잡아 주시오."

"미친 여자라고? 이 엉터리 변호사야! 천사 같은 우리 소냐가
네 놈의 돈을 훔쳤다고? 소냐가 도둑이라고?"

소냐 어머니는 갑자기 까르르 웃었다.

정말 미친 사람 같았다.

"소냐! 호주머니를 까뒤집어 봐. 어서!"

소냐는 어머니의 말에 왼쪽 호주머니를 뒤집어 보였다.

아무것도 없었다. 다시 오른쪽 호주머니를 뒤집어 보였다.

종이 한 장이 방바닥에 떨어졌다. 루진은 허리를 굽혀

종이를 집어 들었다. 그것은 100루블짜리 지폐였다!

"도둑년! 썩 나가라. 경찰, 경찰관!"

여주인이 소리쳤다. 사방에서 소냐를 욕하는 소리가 들렸다.

"아니에요. 나는 아니에요. 나는 훔치지 않았어요."

소냐는 소리를 지르며 빨개진 얼굴을 두 손으로 감쌌다.

"소냐! 이 엄마는 너를 믿는다. 알지? 나는 너를 믿어!"

소냐 어머니는 소냐를 껴안고 울음을 터뜨렸다.

"소냐! 이 사람들은 참으로 한심스러운 사람들이구나.

아, 하느님! 우리 소냐를 보호해 주소서. 라스콜리니코프 씨!

왜 그렇게 서 있기만 해요? 한 마디 해 주세요.

당신도 루진의 말을 믿으세요? 모두들 우리 소냐의

새끼손가락만도 못해요. 하느님! 제발 보호해 주세요."

폐병이 심한 소냐 어머니의 절규는 너무나 애절했다.

"소냐! 당신은 이래도 잘못이 없습니까? 왜 자백하지

않습니까? 더 이상 말하지 않겠습니다. 이걸로 끝내죠."

루진은 소녀를 한 번 꾸짖고 관대한 표정을 지었다.

그는 라스콜리니코프를 슬쩍 바라보았다. 라스콜리니코프는

분노에 찬 눈길로 루진을 노려보고 있었다.

"이건 너무 비열한 짓이군!"

바로 그 때, 문에서 커다란 목소리가 들려왔다.

사람들이 일제히 돌아보았다. 문을 열고 들어오는 사람은

루진과 한방을 쓰는 레베자트니코프였다.

"뭐라고? 레베자트니코프! 지금 무슨 말을 하는 건가?"

루진이 몸을 떨면서 물었다.

"당신은 참 기막힌 악당이군요. 어쩌면 그렇게 비열할 수

있습니까? 무슨 꿍꿍이속이 있는 게 틀림없습니다."

"내가 무슨 짓을 했다고 그러나? 수수께끼 같은 소리는

그만 하게. 자네, 술에 취하기라도 했는가?"

루진은 더듬거리며 말했다.

"당신이 직접 100루블짜리 지폐를 소녀의 주머니에 넣지

않았습니까? 아까 방에서 내 눈으로 똑똑히 보았습니다.

나는 당신이 소녀 몰래 그 지폐를 소녀 호주머니에

넣기에 말없이 착한 일을 하려나 보다고 생각했습니다.

그런데 이런 음모를 꾸미다니. 참 실망했습니다!"
레베자트니코프는 자신 있게 말했다.
"이 사람이 왜 이런 일을 꾸몄는지 제가 설명하겠습니다.
이 사람은 제 여동생에게 청혼을 했습니다. 그런데 며칠 전
저와 처음 만났을 때 저와 말다툼을 했습니다. 그리고 저는
이 사람을 쫓아 냈지요. 그러자 앙심을 품고
이런 일을 꾸민 것입니다.

소냐 양의 아버지가 마차에 치여 돌아가시던 날 저는
어머니가 보내 주신 돈을 몽땅 소냐 양의 어머니에게 장례
비용으로 드렸습니다. 마침 이 집에 묵고 있던 루진이 그것을
목격하고는 제 어머니와 여동생에게 제가 소냐 양의 어머니가
아닌 소냐 양에게 가진 돈을 몽땅 주었다고 편지를 써서
보냈더군요. 게다가 그는 편지에 소냐 양의 행실이
좋지 않다는 근거 없는 악담을 쓰기까지 했습니다.
그는 오늘 소냐 양을 도둑으로 몰아 자기 말이 맞다는 걸
증명하고, 나와 가족들을 이간시키려고 했던 것입니다."
라스콜리니코프의 조리 있고 확고한 말을 들은 사람들은
루진에게 욕을 퍼붓기 시작했다.
레베자트니코프도 화를 참지 못하고 소리쳤다.
"당신 같은 사람을 내 방에서 묵게 했다니 너무도 기가
막힙니다. 당장 내 방에서 나가 주십시오!"
"내가 이사 갈 거라고 벌써 말했지 않았나?
자네는 정말 말할 상대가 못 되는군."
루진은 뻔뻔스럽게 대답했다. 하지만 그 자리가 바늘방석
같기만 했다. 루진은 화난 사람들 사이를 잘도 빠져 나와
어디론가 사라져 버렸다.

소냐의 기도

소냐는 부끄럽고 괴로웠다. 소냐는 더 이상 견딜 수가 없어
자기 집으로 뛰어갔다. 소냐가 나간 뒤 소냐 어머니는
여주인과 대판 싸움을 벌였다. 그녀는 미친 여자처럼 꽥꽥
소리를 지르며 여주인에게 덤벼들었다.

"뻔뻔스럽게 내 딸 소냐를 도둑으로 몰아? 이 나쁜 년아!"
소냐 어머니는 바락바락 악을 썼다.

"뭐라고? 당장 이 집에서 나가! 당장! 어서 나가!"
여주인도 지지 않고 맞고함을 지르며 소냐 어머니를 가볍게
밀쳐 냈다. 방 안은 순식간에 싸움판으로 변했다.

라스콜리니코프는 곧 소녀를 뒤쫓아갔다. 소녀는 두 손으로
얼굴을 가린 채 앉아 있었다. 라스콜리니코프가 들어오자
그녀는 마치 기다렸다는 듯이 벌떡 일어나 그를 맞이했다.

"당신이 아니었다면 저는 어떻게 되었을까요!"

소녀는 반가움에 겨워 서둘러 말했다.

그녀는 그에게 이 말을 꼭 하고 싶었다.

"소냐! 괜찮아요?"

"네, 전 괜찮아요. 그런데 어머니는 어떻게 하고 계세요?"

소녀는 수줍은 듯 물었다.

"소냐! 당신 가족을 집주인이 내쫓았어요."

"네? 어떡하면 좋아요? 빨리 가 봐야겠어요."

소냐가 벌떡 일어나 옷을 집어 들었다.

"늘 이렇다니까요. 당신은 늘 가족들 생각뿐이에요. 당신
머릿속에는 언제나 나는 없군요. 잠깐만이라도 나와 같이
있어 주면 안 되겠습니까?"

"하지만 어머니는……?"

"염려 마세요. 어머니는 당신이 없으면 살 수 없는 분이세요.
그러니 틀림없이 이리로 올 것입니다."

소냐는 옷을 다시 내려놓았다.

라스콜리니코프는 침대에 올라앉으며 물었다.

"소냐, 만약 당신이 루진의 비열한 계획을 미리 알았다면, 그리고 루진이 살아서 그런 못된 짓을 계속 하게 할지 아니면 당신의 어머니와 동생들이 죽어야 할지를 당신이 결정할 수 있다면 당신은 그들 중 누가 죽어야 한다고 생각하나요?"

"내가 하느님의 섭리를 어떻게 알겠어요? 왜 당신은 불가능한 일을 물어 보세요? 사람을 심판할 권리를 누가 내게 주나요?"

소냐가 갑자기 울기 시작했다.

라스콜리니코프는 5분쯤 기다린 후에 조용히 말했다.

"내가 당신을 다시 찾아오면 리자베타를 누가 죽였는지 말해 주겠다고 했지요. 나는 지금 그 이야기를 하려고 온 거예요."

소냐는 그를 바라보며 온몸을 떨었다.

"당신이 어떻게 그걸 아나요? 당신이 그 사람을 찾았나요?"

소냐는 창백한 얼굴로 불안에 떨며 물었다.

"찾은 게 아닙니다. 하지만 난 알고 있지요. 말하자면 그와 난 아주 친한 친구 사이예요. 내가 알고 있으니까 말이에요."

소냐는 아무 말도 못 하고 온몸을 오돌오돌 떨었다.

"그 사람은 전당포 주인 할머니만 죽일 생각이었어요. 그래서 그 할머니가 혼자 있는 시간을 골라 찾아갔지요.

그런데 갑자기 리자베타가 들어온 것입니다.

그래서 그 여자를 죽였던 거예요.”

소냐는 눈물을 글썽이며 그를 유심히 쳐다보았다.

“아직도 모르겠어요?”

라스콜리니코프는 절벽에서 떨어지는 기분으로 물었다.

“네, 모르겠어요.”

소냐는 들릴락 말락 한 소리로 말했다.

방 안에는 한동안 침묵이 흘렀다.

“아!”

소냐의 입에서 갑자기 비명이 흘러나왔다. 그녀는 비틀거리며

침대에 쓰러지더니 베개에 얼굴을 묻고 펑펑 울었다.

그러다가 벌떡 일어나 라스콜리니코프의 손을 움켜잡았다.

“어째서 그런 일을 저질렀어요?”

라스콜리니코프는 슬픈 미소를 지었다. 그저 소냐를

뚫어져라 바라보기만 했다.

“당신은 도대체 자기 자신에게 무슨 짓을 한 거죠!”

소냐는 라스콜리니코프를 꼭 끌어안으며 말했다.

“당신은 참 이상하군요. 당신은 내가 무섭지 않나요?”

라스콜리니코프는 여전히 슬픈 미소를 지으며 말했다.

"아니, 당신은 지금 이 세상에서 가장 불행한 사람이에요!"

소냐는 이렇게 말하며 목놓아 울기 시작했다.

그 모습이 라스콜리니코프의 굳게 닫힌 마음에 새로운

감정을 일으켰다. 그의 눈에도 눈물방울이 맺혔다.

"소냐! 그럼 나를 버리지 않을 거예요?"

라스콜리니코프는 희망이 섞인 눈으로 소냐를 보았다.

"네, 절대로 버리지 않아요. 난 당신을 따라갈 거예요.

감옥에라도 함께 가겠어요!"

소냐는 부르짖었다. 그러다가 문득 그가 살인자라는 생각이

들자 무서운 생각이 충격적으로 다가왔다.

"그런데 당신 같은 사람이 어떻게 그런 일을 할 수 있죠?"

"그야 돈을 훔치기 위해서였지."

"어떻게 그럴 수가 있어요? 가진 돈을 전부 내주는 당신

같은 사람이 돈을 훔치려고 살인을 하다니! 그렇다면 우리

어머니에게 주신 그 돈도……, 그 돈도……."

"아니에요, 소냐! 그 돈은 제 어머니께서 보내 주신

돈이에요. 안심해요!"

라스콜리니코프는 슬픈 얼굴로 소냐의 손을 잡았다.

"나는 다만 '이'를 한 마리 죽였을 뿐이에요. 아무런 쓸모도

없고, 추하고, 해만 끼치는 '이' 말입니다!"

소냐는 눈을 동그랗게 뜨고 외쳤다.

"아, 사람은 '이'가 아니에요!"

라스콜리니코프는 불안한 미소를 띠며 말했다.

"물론 이가 아니라는 건 나도 알아요. 내가 지금 거짓말을
했군요. 아까부터 거짓말을 하고 있었어요. 사실 나는 마음만
먹으면 돈을 벌어 학교를 마칠 수도 있었을 거예요. 그런데도
빈둥빈둥 뒹굴면서 공상만 했습니다. '굳세고 힘 있는 사람이
세상을 지배하는 사람이 된다. 눈 딱 감고 많은 일을 해내는
사람이 법을 만들고 보통 사람들을 이끌어 간다.'라고 생각한
거예요. 그리고 나는 아무도 하지 못하는 일을 해내고
싶었어요. 그래서 불필요한 사람을 죽인 거예요!"

"그만 하세요. 아무 말도 듣고 싶지 않아요.
당신은 악마에게 홀렸던 거예요."

소냐는 안타까운 눈으로 라스콜리니코프를 바라보았다.

"나는 다른 사람을 위해 살인을 저지른 게 아니에요. 다만
나를 위해서 그렇게 한 것이지요. 나 자신의 능력을 시험해
보기 위해 죽인 거라고요. 내게 필요했던 것은 돈이
아니었어요. 나는 내가 벌벌 떠는 피조물일 뿐인 '이'인지,

아니면 권리를 가진 '인간'인지 알고 싶었던 거예요.”

“무슨 권리요? 사람을 죽이는 권리요?”

“아, 소냐! 내 말을 막지 말아요. 맞아요. 악마가 나를
유혹했어요. 그런데 나중에 악마는 내가 다른 사람과 똑같은
'이'일 뿐이라고 내게 말하더군요. 악마가 나를 실컷 조롱한
거예요. 그런데 소냐! 내가 과연 그 때 할머니를 죽인 걸까요?
천만에요. 나는 할머니가 아니라 나 자신을 죽였어요!
아, 난 이제 어떻게 하면 좋을까요? 말해 줘요!”

라스콜리니코프는 절망에 빠져 일그러진 얼굴로 물었다.

“어떻게 하다니요?”

소냐가 벌떡 일어서면서 소리쳤다. 눈물로 가득 찬 눈이
갑자기 빛나기 시작했다.

“일어나세요.”

소냐는 라스콜리니코프의 손을 잡아끌었다.

라스콜리니코프는 놀란 눈으로 소냐를 쳐다보면서 일어났다.

“지금 당장 광장으로 나가서 우선 당신이 더럽힌 대지에
입을 맞추세요. 그 다음엔 사방을 향해, 온 세계를 향해 절을
하세요. 그리고 모든 사람들이 들을 수 있도록 '제가
죽였습니다.' 하고 말하세요. 그러면 하느님께서 당신에게

새생명을 주실 거예요. 가실 거지요?"

소냐는 온몸을 떨면서 라스콜리니코프의 두 손을 움켜잡고 불타는 듯한 눈으로 쳐다보았다. 라스콜리니코프는 소냐의 갑작스러운 행동에 소스라치게 놀랐다.

"자수를 하라고요? 감옥에 가라는 말을 하는 거예요?"

"그럼, 이제부터 어떻게 살아갈 생각이세요? 무얼 의지하고 살아가시겠어요? 당신은 이미 어머니와 동생을 버렸어요. 그래요, 벌써 버렸어요! 하지만 어떻게 사람을 떠나서 살겠다는 거죠? 오, 하느님! 이제 당신은 어떻게 될까요?"

소냐는 한숨을 쉬며 말했다.

"내가 그들에게 뭘 잘못했다는 거죠? 내가 왜 가야 합니까? 난 절대로 가지 않을 거예요!"

"당신은 앞으로 더욱 괴로워하게 될 거예요. 더!"

소냐는 애원하듯 그에게 손을 내밀면서 되풀이했다.

"평생토록 그런 괴로움을 짊어지고 살겠단 말이에요?"

소냐는 미친 사람처럼 중얼거렸다.

"곧 익숙해지겠지."

라스콜리니코프는 슬픈 얼굴로 말을 이었다.

"소냐! 사실 나는 내가 곧 체포될 거라는 말을 하려고

왔어요. 하지만 잠깐 잡혀 있다가 풀려날 거예요. 그들에게는
나를 잡아 둘 만한 제대로 된 증거가 하나도 없거든요.
그렇지만 내가 만약 감옥에 가게 되면 나를 보러 올 거죠?"
"그럼요, 가고말고요!"
라스콜리니코프는 소녀가 자신을 얼마나 사랑하는지 느낄 수
있었다. 그는 그렇게 사랑을 받고 있다는 것이 너무나
괴롭고 가슴아팠다.
"아니에요, 소냐! 내가 감옥에 가게 되면, 차라리 찾아오지
않는 것이 낫겠어요."
소녀는 대답하지 않고 울기만 했다. 몇 분이 흘렀다.
"당신은 십자가를 가지고 계세요?"
문득 생각난 듯이 소녀가 물었다. 라스콜리니코프는 묻는
말의 뜻을 잘 몰라 어리둥절한 채 대답을 못 했다.
"안 갖고 계시군요. 그럼 이걸 드리겠어요. 삼나무로 만든
거예요. 나는 리자베타와 바꾼 십자가가 있어요. 제발 받아
주세요. 우리 함께 십자가를 가지고 고통을 나누어 가져요."
소냐는 자꾸 졸랐다.
라스콜리니코프는 소녀를 슬프게 하고 싶지 않아 손을
내밀다가 다시 거두며 말했다.

"지금은 안 되겠어요. 소냐! 나중에 받을게요."

라스콜리니코프는 소냐를 안심시키려고 침착하게 말했다.

"네, 그러세요. 고통을 짊어지러 갈 때, 그 때 걸고 가세요.

제가 걸어 드릴게요. 그리고 기도를 올린 뒤 함께 가요."

그 때, 누가 문을 두드렸다. 소냐가 흠칫 놀라며 문을

열었다. 밖에는 레베자트니코프가 서 있었다.

"소냐! 당신 어머니께서 이상해지셨습니다. 정의를 찾겠다며

소냐 아버지의 상관을 찾아가 터무니없는 말을 늘어놓고

물건을 집어던졌답니다. 그래서 두들겨 맞고 쫓겨났다는군요.

당신 어머니는 굉장히 화가 나서 집으로 돌아오자마자

아이들을 광대로 꾸며서 그 상관에게 구걸하는 모습을 보여

주겠다고 야단입니다. 그대로 내버려 두면 안 됩니다."

"아, 어머니!"

소냐는 벌떡 일어나 밖으로 뛰어나갔다. 라스콜리니코프와

레베자트니코프는 소냐의 뒤를 따라 나왔다.

"미쳤어요. 결핵균이 머리로 가면 미치기도 한답니다."

라스콜리니코프의 귀에는 그런 소리가 들려오지 않았다.

그는 어느 새 자기의 집까지 왔다. 방은 먼지가 쌓인 채

썰렁했다. 지금까지 느껴 보지 못한 외로움이 밀려들었다.

'차라리 감옥 생활을 하는 것이 나을지도 모르겠다.'

라스콜리니코프의 머리엔 이런 생각이 떠올랐다. 그가 그런

생각을 하며 멍하니 서 있는데 두냐가 들어왔다.

"오빠! 나는 이제야 알았어요. 라주미힌 씨에게 들었어요.

오빠가 터무니없는 의심을 받고 있다면서요. 오빠의 아픈

마음 잘 알아요. 난 그것도 모르고 오빠를 원망했어요.

오빠! 미안해요. 부탁할 일이 있으면 언제라도 이야기하세요.

제 생명이라도 드리겠어요. 그럼 안녕히 계세요."

두냐는 밖으로 나가려고 했다.

"두냐!"

라스콜리니코프는 두냐를 불러 세웠다.

"라주미힌은 정말 좋은 사람이다. 그 사람은 수완도 좋고,

부지런하고, 성실하며, 열렬히 사랑할 줄도 아는 친구야.

잘 가거라, 두냐!"

"오빠는 왜 영원히 헤어지는 사람처럼 말하는 거예요?"

"그와 비슷한 거야. 안녕!"

라스콜리니코프는 창 옆으로 걸어갔다. 두냐는 오빠의 야윈

얼굴을 바라보다가 불안한 마음으로 문을 나섰다.

라스콜리니코프는 불안하고 초조해서 견딜 수가 없었다.

그는 밖으로 나와 여기저기 돌아다녔다. 해가 저물고 있었다.

"라스콜리니코프 씨!"

뒤에서 누군가가 불렀다. 레베자트니코프였다.

"당신을 찾으러 댁으로 가던 길입니다. 소냐 어머니는 기어코
아이들을 데리고 집을 나갔습니다. 소냐와 둘이서 겨우
찾아 냈습니다. 자기는 냄비를 두드리고 아이들은 춤을
추게 했습니다. 아이들이 울어 대는데 참으로 눈 뜨고 못 볼
광경이었습니다. 꼭 미치광이 같았습니다."

라스콜리니코프는 깜짝 놀라 레베자트니코프와 둘이서 소냐
어머니가 있는 거리로 갔다. 그 곳엔 구경꾼들이 빙 둘러서
있었다. 소냐 어머니는 아이들을 꾸짖으며 노래를 부르고
춤을 추게 했다. 소냐 어머니는 기침이 나서 제대로 숨도
쉬지 못했다. 아이들은 겁에 질려 울음을 터뜨렸다.

그럴수록 소냐 어머니는 더욱 화를 냈다.

"어머니! 이러시면 안 돼요! 어서 집으로 가요."

소냐는 어머니 등 뒤에 바짝 붙어서 달래고 있었다.

"소냐 어머니! 기숙 학교장이 되실 분이 이게 뭡니까?"

라스콜리니코프가 소냐 어머니를 달랬다.

"호호호, 기숙 학교요. 그건 꿈이에요."

소냐 어머니는 한바탕 웃고 나서 콜록거리며 소리쳤다.

"아시겠어요? 꿈은 사라진 거예요. 우리는 버림받았어요.

모두들 꽁무니만 졸졸 따라다니면서 돈은 한 푼도 내지

않는구나. 치사한 자식들! 그런데 저 녀석은 왜 웃는 거지?"

소냐 어머니는 구경꾼 가운데 한 사람을 가리키며 소리쳤다.

"미친 사람이군."

구경꾼들은 놀려 대면서 히죽거렸다. 그 때 경찰관이

다가왔다. 아이들은 겁을 먹고 그만 달아나기 시작했다.

소냐 어머니는 엉엉 울면서 아이들을 뒤따라갔다.

그런데 너무 빨리 걷는 바람에 그만 넘어지고 말았다.

"어머니! 정신 차려요. 온통 피투성이예요. 어쩌면 좋아요?"

소냐는 피를 토하는 어머니를 안고 소리쳤다.

라스콜리니코프는 소냐 어머니를 소냐의 집으로 옮겼다.

"이젠 이별할 시간이구나. 내가 너를 너무 부려먹었어.

잘 있으렴. 사랑하는 소냐야! 불쌍한 우리 소냐야!"

소냐 어머니는 베개 위에 머리를 떨어뜨리고 숨을 거두었다.

소냐는 어머니의 가슴에 얼굴을 묻고 통곡했다.

겁에 질렸던 동생들도 따라 울음을 터뜨렸다.

"라스콜리니코프 씨! 잠깐 드리고 싶은 말이 있습니다."

구경꾼들 틈에 끼어 있던 스비드리가일로프가 그를 한쪽
구석으로 데리고 갔다.

"이번 장례 비용과 그 밖의 것은 내가 대겠습니다.
두 아이들과 폴랴는 좋은 고아원에 보내서 어른이 될 때까지
각각 500루블씩을 후원하겠습니다. 그러면 소냐도 안심할
것입니다. 라스콜리니코프 씨! 소냐에게 내 아내가 준
10,000루블을 이렇게 썼다고 전해 주셨으면 합니다."

"대체 당신은 무슨 목적으로 이런 일을 하는 것입니까?"
라스콜리니코프는 의심스러운 얼굴로 물었다.

"허, 참! 당신은 의심도 많군요. 그 돈은 제게 필요 없다고
하지 않았습니까? 소냐 어머니는 전당포 주인 할머니처럼
'이'가 아닙니다. 그렇지 않습니까?"

"당신이 어떻게 그 말을 알죠?"
스비드리가일로프는 웃으며 소냐의 옆방을 가리켰다.

"나는 바로 저 옆방에 묵고 있습니다. 일부러 들으려고 한
것이 아닙니다. 저절로 그 소리가 들립디다.
라스콜리니코프 씨! 솔직히 말해서 나는 당신에게 흥미를
느끼고 있습니다. 앞으로 사이좋게 지내기를 바랍니다.
나와 함께라면 아주 잘 해 나갈 수 있을 것입니다."

사랑

라스콜리니코프는 소냐 어머니의 장례식에 참석하지 않았다.
그는 그 날 오후 늦게, 며칠이나 굶은 사람처럼 음식을
정신 없이 먹고 있었다. 바로 그 때 라주미힌이 들어왔다.
"식사 중이었구나. 맛있게 먹는 걸 보니 병은 아닌가 보네."
"라주미힌! 나는 두냐에게 네 이야기를 했어."
"무슨 이야기……?"
"네가 좋은 사람이며, 성실하고 부지런하다고. 네가 두냐를
사랑한다고 말하지는 않았어. 그건 두냐도 알고 있으니까."
"알고 있다고?"

"그럼! 그런데 내가 어디로 떠나거나, 나한테 무슨 일이
생기면 네가 어머니와 두냐를 잘 돌봐 줘. 부탁이야."

"로쟈! 어디로 떠난다는 거야? 그게 만일 비밀이면 말
안 해도 돼. 하지만 나는 그것을 꼭 알아 내고 말 거야."

"그런 것을 억지로 알려고 하지 마. 때가 되면 저절로
알게 돼. 어떤 남자가 내게 공기가 필요하다고 하더군.
공기 말이야. 나는 지금 그 남자를 만나서 그 말이 무슨
뜻인지 한 번 물어 보고 싶어."

라주미힌은 그를 근심스러운 얼굴로 바라보며 생각했다.

'이 녀석은 무슨 정치적인 조직에 가담하고 있는 게 틀림없어.
이제 뭔가 실행하려나 본데. 두냐도 알고 있을 거야.'

그는 서둘러 나가려다 말고 라스콜리니코프에게 말했다.

"참, 전당포 할머니 살인 사건의 범인이 밝혀졌어.
칠장이 니콜라이가 범인이래. 자세한 건 나중에
얘기해 줄게. 난 다른 볼일이 있어서 말이야."

라스콜리니코프는 라주미힌이 나가자 안절부절못한 채
방 안을 왔다 갔다 했다. 그의 마음 속엔 스비드리가일로프와
포르피리에 대한 미움이 활활 타고 있었다. 그는 밖으로
나가려고 문을 열었다. 그런데 문 앞에 포르피리가

서 있었다. 라스콜리니코프는 흠칫 놀랐다.

"지나던 길에 잠깐 들렀소."

포르피리는 의자에 앉아 담배를 피우면서 이런 저런 잡담을
늘어놓았다. 대화 중에 그는 라스콜리니코프를 범인으로
몰았다가, 또 니콜라이를 범인으로 지목하기도 했다.

도대체 어느 말을 믿어야 할지 갈피를 잡을 수가 없었다.

"그럼 도대체 누가 범인이란 말입니까?"

라스콜리니코프는 가슴이 답답하고 화도 치밀어올랐다.

말을 빙빙 돌리는 포르피리가 못마땅했다.

"그야 당신이지요. 니콜라이는 그저 어떤 종교적인 이유로

스스로 고난을 받으려고 거짓말을 한 거예요."

라스콜리니코프는 기어코 올 것이 왔구나 하는 생각이

들었다. 그는 의자에서 벌떡 일어났다가 다시 앉았다.

"나는 죽이지 않았습니다!"

"천만에요. 당신이 아니면 아무도 그런 일을 할 수 없지요."

잠시 침묵이 흘렀다.

"그렇다면 왜 나를 체포하지 않습니까?"

"당신이 자수하기를 기다리는 것입니다. 죄 없는 사람이 당신

대신 체포되어 고통받고 있습니다. 당신은 젊으니까 앞날이

멉니다. 자수하면 형이 줄어듭니다. 감형이란 말입니다.

하지만 자수하지 않으면 평생을 감옥에서 보내야만 합니다.

나는 당신을 체포하지 않고 기다리겠습니다."

"내가 도망치면 어떻게 하시겠습니까?"

"도망치면 그 곳에 공기가 있습니까? 마지막엔 제 발로

돌아온다는 걸 나는 믿습니다."

포르피리의 말엔 자신감이 넘쳐흘렀다.

라스콜리니코프는 말없이 일어섰다.

"산책 가시려고요?"

"오늘 내가 자백했다고 생각하지는 마세요."

"잘 알겠습니다. 그런데 자기 자신에게 손을 대는 일은
절대로 삼가는 것이 좋겠지요. 만약 어쩔 수 없이 그렇게
한다면 그렇게 된 내용을 간단히 편지로 보내 주십시오."

포르피리는 라스콜리니코프가 자살이라도 할까 봐 미리
쐐기를 박아 놓은 후 밖으로 나갔다.

라스콜리니코프는 어느 식당 앞으로 갔다. 마침 2층
창가에서 스비드리가일로프가 라스콜리니코프를 불렀다.
라스콜리니코프는 그리로 올라갔다. 이것 저것 이야기를
나누다가 라스콜리니코프가 불쑥 이런 말을 던졌다.

"만약 당신이 나에 대해 최근에 알게 된 사실을 이용해
내 누이동생에게 무슨 짓을 하면, 나는 당신이 나를 감옥에
넣기 전에 당신부터 가만히 안 둘 것입니다. 이건 그냥
해 보는 소리가 아니에요. 그리고 내게 할 말이 남았으면
빨리 하십시오. 시간이 별로 없으니까……."

"그럼 말하겠습니다. 나는 당신의 누이동생 두냐를
사랑합니다. 두냐의 눈빛이 얼마나 아름다운지 그저
황홀하기만 합니다. 그러나 다 부질없다는 생각이 듭니다.
자, 나도 가 봐야겠습니다."
스비드리가일로프는 거리로 나갔다. 라스콜리니코프도 곧
뒤따라 나갔다. 그런데 그는 너무 깊이 생각에 빠져 있었기
때문에 여동생과 마주쳤는데도 동생을 알아보지 못했다.
두냐가 오빠를 불러야 할지 말아야 할지 망설이는데

스비드리가일로프가 그녀에게 오빠 몰래 오라는 손짓을
했다. 두냐는 스비드리가일로프를 따라 골목으로 들어섰다.
"당신 편지를 받고 오기는 했지만 당신 집에는 가지
않겠어요. 할 말이 있으면 여기서 하세요."
두냐가 단호하게 잘라 말했다.
"두냐! 당신 오빠에 대한 이야기예요. 하지만 거리에서는
할 수 없는 비밀 이야기지요. 그리고 당신은 내 말뿐 아니라
소냐 말도 들어야 합니다. 그러니 나를 따라 오십시오."
두냐는 스비드리가일로프를 따라 그의 방으로 갔다.
두냐는 편지를 책상에 놓으며 빠르게 말했다.
"당신은 편지에 오빠가 마치 어떤 죄를 지은 것처럼
썼더군요. 하지만 나는 믿지 않아요! 믿지 않고말고요!"
"두냐, 당신은 참 용감하군요. 라주미힌과 함께 올 줄
알았는데. 당신이 그만큼 오빠를 사랑한다는 말이겠지요.
믿기지 않겠지만 당신 오빠는 전당포 주인 할머니와
리자베타를 죽이고 돈과 물건을 훔쳤습니다. 당신 오빠는
소냐에게 이 일을 고백했습니다."
"거짓말이에요! 오빠가 왜요? 오빠는 그럴 사람이 아니에요!
그런데 당신이 그런 걸 어떻게 알죠?"

두냐는 마른하늘에 날벼락이 떨어지는 것 같았다.

"소냐 방과 내 방은 바로 옆에 붙어 있습니다. 벽지로 가려진 창이 하나 있기 때문에 부스럭 소리만 나도 들릴 정도입니다. 그러니 보는 것과 마찬가지입니다."

스비드리가일로프는 뜻 모를 웃음을 흘렸다.

"아니에요. 절대로 우리 오빠는……."

"당신 오빠는 이런 말도 했습니다. '인간은 특별한 인간과 평범한 인간으로 나뉜다. 특별한 인간은 평범한 인간을 위해 법을 만들고 평범한 인간은 그 법에 따라서 산다.' 당신 오빠는 자신을 천재적인 인간이라고 생각했던 모양입니다. 그러나 요사이는 오빠 자신이 특별한 인간이 아니라는 걸 깨닫게 되었고, 그래서 더 괴로워하는 것 아닐까요?"

"내겐 다 거짓말로 들려요. 소냐에게 가서 물어 봐야겠어요."

"소냐는 밤늦게까지 돌아오지 않을 것입니다."

두냐는 그만 비틀거리며 정신을 잃었다. 스비드리가일로프가 두냐의 얼굴에 물을 뿌리자 두냐는 겨우 정신이 돌아왔다.

"두냐! 오빠를 구해 냅시다. 당신만 허락한다면 그를 외국으로 데려가겠습니다. 내게는 돈과 친구가 많으니까 사흘 안에 우리 모두의 여권을 구할 수 있을 것입니다."

"나를 놀리지 마세요."

두냐는 밖으로 나가려고 했다. 그런데 문이 열리지 않았다.

"자, 앉아서 조용히 오빠를 구할 방법을 이야기합시다.
여권을 마련하여 우리 모두 떠나는 겁니다. 두냐! 나는
당신을 사랑합니다. 당신의 말이라면 무엇이든 하겠습니다."

스비드리가일로프는 간절히 애원했다.

"문 열어요. 문! 이렇게 하려고 방으로 데리고 왔어요?"

두냐가 다급하게 소리쳤다. 그러나 스비드리가일로프는
능글맞게 웃으며 두냐에게로 한 걸음씩 다가왔다.

"꼼짝 마! 움직이면 쏠 거예요!"

두냐는 권총을 빼 들었다.

"두냐! 오빠를 위해서라도 이러면 안 됩니다."

"나는 당신이 당신 부인을 독살했다는 것도 알아요.
진짜 살인자는 바로 당신이야."

"내가 아내를 죽였다고?"

"당신이 독약을 사러 갔었잖아. 이 나쁜 놈!"

"그건 두냐 당신 때문이었어."

두냐는 더 이상 말을 듣지 않고 방아쇠를 당겼다.
총알은 스비드리가일로프의 머리를 스치고 빗나갔다.

다시 방아쇠를 당겼다. 그러나 이번엔 불발이었다!

"두냐! 총알을 넣는 방법이 틀렸군. 다시 갈아 넣어야겠어."

스비드리가일로프는 이제 두냐 바로 코앞에 서 있었다.

그런데 두냐는 갑자기 권총을 내던졌다.

"나를 놓아 줘요!"

"두냐! 나를 끝까지 사랑하지 않는단 말이오?"

"절대로!"

스비드리가일로프는 열쇠를 꺼내 던졌다. 두냐는 문을 열고 밖으로 나갔다. 스비드리가일로프는 권총을 집어 들었다. 아직도 총알이 두 발 남아 있었다. 그 날 밤, 그는 이곳 저곳 마구 쏘다니다 10시쯤 비를 흠뻑 맞은 채 소냐에게 갔다.

"3,000루블입니다. 소냐, 당신에게 드립니다. 당신에게 꼭 필요한 돈이 될 것입니다. 라스콜리니코프를 옥바라지할 때, 또는 새 삶을 꾸려 갈 때 요긴하게 쓰십시오."

스비드리가일로프는 채권 다발을 놓고 방을 나왔다.

소냐는 우두커니 스비드리가일로프를 바라보기만 했다. 그의 알 수 없는 행동에 그저 고개만 갸웃거렸다.

스비드리가일로프는 그 이튿날 새벽, 강가의 망루 밑에서 자신의 머리에 권총을 들이대고 방아쇠를 당겼다.

한편 라스콜리니코프는 어머니가 묵고 있는 곳으로
갔다. 마침 방에는 어머니 혼자뿐이었다.

"어머니! 앞으로 어떤 일이 일어나도, 어떤 소문이 들려와도,
나를 지금처럼 사랑해 주실 거지요?"

어머니 얼굴은 슬픔으로 가득 찼다. 이미 아들의 일을 알고
있는 듯했다.

"아주 먼 곳으로 가니?"

"네, 아주 먼 곳이에요."

"영원히 이별하는 것은 아니지?"

"그럼요. 다시 올게요. 어머니! 안녕히 계세요."

라스콜리니코프는 떨어지지 않는 발걸음을 떼었다.

그가 하숙집에 와 보니 두냐가 와 있었다.

"오빠, 하루 종일 어디 계셨어요? 소냐 집에서 종일 기다리고
있었어요. 우린 오빠가 그리로 올 줄 알았거든요."

"기억이 잘 나지 않는구나. 하루 종일 어디를 걸어다녔는지.
아, 피곤하다. 결판을 내려고 강가를 몇 번이나 헤맸지.
하지만 자살은 하지 못했다."

"잘 했어요. 소냐와 저는 그것이 제일 두려웠어요.
오빠는 고통을 짊어지기 위해 떠나는 거잖아요?"

"그래, 난 자수하러 갈 거야."

"오빠, 고통을 짊어지러 간다는 것만으로도 죄의 절반은
용서받은 거나 다름없어요."

두냐는 오빠를 껴안고 울음을 터뜨렸다.

"죄라니? 뭐가 죄란 말이니?"

라스콜리니코프의 얼굴이 험악해졌다.

"내가 그 더럽고 아무 쓸모 없는 '이'를, 아무에게도 도움이
되지 않는 할멈을, 가난한 사람들의 피나 빨아먹는 그 추한
할멈을 죽인 것은 결코 죄가 아니야. 내가 자수하려고 하는
것은 내 자신의 무능함과 비열함을 참을 수 없기 때문이야.
그리고 자수하는 쪽이 내게 유리하기 때문이지."

"오빠, 오빠는 남의 피를 흘렸잖아요!"

"피라고? 모두 피를 흘리고 있어. 나는 다른 많은 사람들을
위해 착한 일을 하려고 했던 거야. 만일 내가 성공했다면
사람들은 내게 월계관을 씌워 주었을 거야."

라스콜리니코프는 두냐의 고뇌에 찬 두 눈과 마주치자 문득
자기도 모르게 정신을 차리게 되었다. 그는 어쨌든 자신이
어머니와 두냐에게 죄를 지었다고 생각했다.

"귀여운 두냐! 나를 용서해 다오. 그리고 어머니 곁에 있어

드려. 울지 마! 나는 내가 비열한 인간이라는 것을 알아!"

라스콜리니코프의 눈에도 눈물이 고였다.

두 사람은 밖으로 나와 헤어졌다. 뒤돌아보니 아직도 두냐는
그를 바라보고 있었다.

'아, 나는 나쁜 놈이야. 왜 그들은 나를 이렇게 사랑하는
걸까. 난 그럴 가치가 없는 놈인데! 아무도 나를 사랑하지
않았다면 나도 아무도 사랑하지 않았을 텐데!'

라스콜리니코프는 이런 생각에 빠진 채 소냐 집으로 갔다.

"소냐! 십자가를 얻으러 왔어요."

소냐는 십자가를 라스콜리니코프 목에 걸어 주었다.

"성호를 긋고 기도하세요."

라스콜리니코프는 소냐의 말에 몇 번이고 성호를 그었다.

소냐가 그를 따라 함께 가려고 했다. 그러나 그는 단호히
거절하고 혼자 밖으로 뛰쳐나가 센나야 광장으로 들어섰다.
문득 소냐의 말이 떠올랐다.

'광장에 나가서 사람들에게 절하고 당신이 더럽힌 땅에 입을
맞추세요. 사방을 향해, 온 세계를 향해 절하세요. 그리고 모든
사람들이 들을 수 있도록 '내가 죽였습니다.' 하고 외치세요.
그러면 하느님께서 새생명을 주실 거예요.'

라스콜리니코프는 광장 한가운데로 가 무릎을 꿇고 땅에
입을 맞추었다. 그리고 일어나서 다시 한 번 몸을 굽혔다.

"저것 좀 봐. 어지간히 취했군."

"예루살렘으로 성지 순례라도 가나 봐."

지나가던 사람들이 라스콜리니코프를 보고 저마다 한 마디씩
했다. 그러나 그는 그런 소리를 귀담아듣지 않았다.

그는 곧바로 경찰서로 가서 자묘토프를 찾았다.

그런데 자묘토프는 다른 곳으로 자리를 옮기고 없었다.

하지만 그는 그 곳에서 뜻밖에도 스비드리가일로프의 자살
소식을 들었다. 그 소식은 그의 몸과 마음을 흔들어 놓았다.

그는 휘청거리면서도 밖으로 나가려고 발걸음을 돌렸다.

그런데 경찰서 마당에 소냐가 서 있었다. 그녀는 놀란 얼굴로
그를 간절히 바라보다가 애원하듯 그의 두 손을 맞잡았다.

그는 잠시 후 다시 경찰서로 들어가 외쳤다.

"내가 전당포 주인 할머니와 그의 동생 리자베타를 도끼로
죽이고 금품을 훔쳤습니다."

이제야 라스콜리니코프는 후련했다. 자수가 이렇게 마음을
가볍게 할 줄은 몰랐다. 그는 자수했기 때문에 재판에서
생각보다 가벼운 8년으로 감형을 받았다.

라스콜리니코프는 시베리아로 감옥 생활을 떠났다.

소냐도 그를 따라 요새로 왔다. 소냐는 두냐에게

라스콜리니코프의 소식을 전해 주고, 또 두냐의 소식을

라스콜리니코프에게 열심히 전해 주었다.

그가 제2급 죄수가 되어 옥살이를 한 지 어느덧 9개월이

지났다. 그 사이 두냐와 라주미힌은 결혼을 했고, 쇠약해진

어머니는 숨을 거두었다.

라스콜리니코프는 감옥에서도 외톨이였다. 죄수들 중

아무도 그를 이해하여 주는 이가 없었던 것이다. 그는

멸시받고 놀림을 당했다. 단 한 번도 하느님과 신앙에 대해

이야기한 적이 없는데도 모두들 그를 무신론자라며 죽이려고

했다. 라스콜리니코프는 아무 말도 하지 않고 침묵만 지켰다.

그는 점점 삶의 의욕을 잃었다.

그런데 죄수들은 언제부터인가 소냐를 좋아하기 시작했다.

'모두들 어째서 소냐를 사랑할까?'

라스콜리니코프는 그게 의문이었다. 소냐는 죄수들에게 돈을

주는 것도 아니었고, 시중을 들어 주는 것도 아니었다. 그저

그들에게 고기만두와 흰빵을 선물해 주었을 뿐이었다.

소냐는 죄수들의 가족에게 편지를 대신 써 주거나

부쳐 주기도 했다.

"소냐, 당신은 우리들의 어머니예요. 상냥하고 인정 많은
우리의 어머니라고요!"

죄수들의 이 말에 소냐는 미소로 답하며 고개만 끄덕여
주었다. 라스콜리니코프는 병원에 입원했다. 감옥 생활의
고달픔, 음식, 그리고 빡빡 깎은 머리, 발목에 찬 쇠고랑보다
자신이 망쳐 버린 운명이 더 괴로웠다. 희망도 미래도 없고
아무런 보상도 없는 감옥 생활이 그를 끝없이 아프게 했다.
'나는 왜 자살하지 못했을까? 나는 어리석고 약한 인간인가?'
라스콜리니코프는 날마다 무서운 악몽에 시달리며 조금씩
허약해졌다. 그가 입원을 했지만 소냐는 면회를 할 수가
없었다. 대신 거의 매일 병원 뜰에 서서 라스콜리니코프가
있는 병실 창문을 바라보곤 했다. 소냐의 이런 모습은
라스콜리니코프의 마음을 아프게 했다. 직접 만나지 못하고
멀찌감치 바라볼 수밖에 없는 것이 무척 안타까웠다.
그런데 어느 날부터 소냐가 보이지 않았다. 궁금했다.
라스콜리니코프는 마음을 설레며 소냐를 기다리게 되었다.
그는 퇴원을 하고 감옥으로 돌아가서야 소냐가 아파 누워
있다는 소식을 들었다. 라스콜리니코프는 불안했다.

그런데 소냐에게서 편지가 왔다. 자신의 병은 그리 깊지
않으며, 그녀가 그를 보고 싶어하고, 그를 만나기 위해 곧
작업장으로 갈 것이라는 내용이었다. 그 편지를 받고 그의
심장이 얼마나 강렬하게 뛰는지 아플 지경이었다.
맑게 갠 따뜻한 날, 라스콜리니코프는 아침 일찍부터 석고를
가루가 되도록 빻는 일을 하고 있었다. 어디에선가 희미한
노랫소리가 들려왔다. 소리 나는 곳을 바라보니 강 건너
초원 위의 유목민 집 쪽이었다. 그 곳엔 자유가 있어
감옥과는 전혀 다른 세상이었다.
'자유는 저 곳에 있구나.'
라스콜리니코프는 잃어버린 자유가 그리워 슬픔에 잠겼다.
가슴이 아려왔다.
그 때 갑자기 소냐가 나타났다. 상냥하게 웃으며 소리도
없이 다가와서 라스콜리니코프 옆에 앉았다. 그녀는 그의
손을 꼭 잡았다. 라스콜리니코프는 소냐의 발 밑에 꿇어
엎드려 한없이 울었다.
'다 알아요. 당신이 나를 사랑하는 거.'
소냐는 아무 말도 하지 않고 미소만 띠었다. 두 사람은 손을
꼭 쥔 채 아무 말도 하지 않았다. 두 사람의 얼굴에는

새로운 미래의, 새로운 삶을 열어 가는 부활의 아침 햇살이
비치고 있었다. 두 사람을 부활시킨 것은 바로 사랑이었다.
그들은 함께 참고 기다리기로 했다.

라스콜리니코프의 베개 밑에는 성경책이 있었다.

그는 자기도 모르게 성경책을 집어 들었다. 소냐가 읽어 주던
그 성경책이었다. 그는 그 성경책을 지니고만 있었지 아직
한 번도 읽지는 않았다.

'소냐의 마음이 바로 나의 마음이다.'

라스콜리니코프는 성경책을 들고 이렇게 생각했다.

소냐는 그 날 밤, 낮에 너무 흥분한 나머지 병이 다 났다.
그래도 소냐는 너무 행복했다.

'7년, 겨우 7년 남았어! 7년은 7일밖에 되지 않아.
우리 사랑이 이렇게 탄탄한데 뭐. 7년은 잠깐이야.'

소냐는 마음의 여유를 얻기 시작했다. 그녀는 너무 행복해서
두려울 정도였다. 라스콜리니코프가 7년 아니 7일, 자유의
몸이 되는 그 날까지 기다릴 준비가 되어 있었다. 그것은
새로운 역사의 시작이었다. 한 사람이 새로운 세계로 옮겨
가고 있었다. 이것은 새로운 한 편의 이야기가 될 것이다.
그러나 우리 이야기는 여기서 끝난다. ❧

● 이해 능력 Level Up!

1. 이 이야기의 배경이 되는 도시는 어디인가요?

    1) 모스크바   2) 페테르부르크

    3) 블라디보스토크   4) 하바로프스크

    5) 울란우데

2. 다음 글에 나타난 라스콜리니코프의 성격을 골라 보세요.

'가난이라는 것이 이렇게도 비참한 걸까?'
라스콜리니코프는 전당포에서 받은 돈을 몽땅 꺼내 살그머니 책상 위에 올려놓고 나왔다.

    1) 인정이 많다.   2) 바보 같다.   3) 돈을 함부로 쓴다.

    4) 분수를 모른다.   5) 잘난 척한다.

3. 라스콜리니코프에 대한 설명으로 틀린 것은 무엇인가요?

    1) 로지온 로마노비치 또는 로쟈라고도 부른다.

2) 어려운 사람들을 보면 흔쾌히 도와 주는 사람이다.

3) 장래 희망이 외국 서적을 번역해 출판사를 차리는 것이다.

4) 가난 때문에 몹시 고통받는, 휴학한 대학생이다.

5) 자기 자신이 미래를 지배할 비범한 사람이라고 생각한다.

4. 라스콜리니코프가 밑줄 친 것 같이 생각한 이유는 무엇일까요?

> 하숙방은 5층 꼭대기에 있는 좁은 다락방이었다. 그가
> 집 밖으로 나오려면 안주인의 부엌 앞을 지나야만 했다.
> 라스콜리니코프는 안주인을 보기가 겁났다.

1) 밀린 하숙비를 내지 못해서

2) 하숙집 딸과 한 결혼 약속을 지키기 싫어서

3) 대인 공포증이 있어서

4) 여자를 증오하기 때문에

5) 안주인의 목걸이를 훔쳤기 때문에

5. 라스콜리니코프가 어머니의 편지를 읽은 후 괴로워한 가장 큰 이유는 무엇인가요?

1) 아버지의 유일한 유품을 저당 잡혔기 때문에

2) 어머니의 병이 심해졌기 때문에

3) 여동생이 직장에서 쫓겨났기 때문에

4) 어머니가 돈을 보내 줄 수 없게 되었기 때문에

5) 두냐가 옳지 않은 결혼을 하려고 하기 때문에

6. 이 이야기는 등장 인물이 아주 많습니다. 바르게 짝지어진 것을
   고르세요.

   1) 조시모프 – 라스콜리니코프를 집요하게 추궁하는 예심 판사
   2) 카테리나 이바노브나 – 소냐가 세들어 사는 집의 안주인
   3) 포르피리 – 라스콜리니코프의 유일한 친구
   4) 소냐 – 마르멜라도프의 딸, 희생 정신이 강한 사람
   5) 루진 – 변호사, 소냐의 돈 많은 약혼자

7. 다음은 전당포에 물건을 저당 잡히러 간 라스콜리니코프와 전당
   포 주인 할머니의 대화입니다. 이 대화를 읽고 전당포 할머니의
   성격은 어떤지 골라 보세요.

   > "별 볼일 없는 물건만 가져오는군. 1루블 반을 주지.
   > 물론 이자는 먼저 제하고. 그래도 좋다면……."
   > "1루블 반이라고요?"
   > 라스콜리니코프는 화가 치밀어올랐다.
   >
   > "이자를 뗀 1루블 15코페이카요. 자, 받아요."
   > "1루블 15코페이카라고요?"
   > "그래요. 계산이 틀렸나요?"
   > 라스콜리니코프는 더 이상 따지기 싫어 그냥 돈을 받았다.

   1) 자신의 일에 철저하다.
   2) 어려운 사람에게 인정을 베푼다.
   3) 거절하지 못하는 성격이다.
   4) 책임감이 강하다.
   5) 욕심이 많고 차가운 성격이다.

8. 라스콜리니코프는 왜 전당포 할머니를 죽였나요?

　　1) 빌린 돈을 갚을 길이 없어서

　　2) 돈을 훔치려고

　　3) 자기의 비리가 탄로날까 봐

　　4) 자기를 무시해서

　　5) 이 세상에 해로운 존재를 없애려고

9. 라스콜리니코프는 왜 두냐와 루진의 결혼을 반대했나요?

　　1) 루진과는 어렸을 때부터 경쟁 상대였기 때문에

　　2) 루진은 사실 다른 여자를 더 사랑하기 때문에

　　3) 두냐가 루진을 사랑하지 않으면서도 자기를 위해서 결혼하려
　　　 고 하기 때문에

　　4) 루진이 첫 번째 결혼하는 것이 아니기 때문에

　　5) 루진이 곧 파산할 것을 알기 때문에

10. 루진이 소냐에게 다음과 같이 말한 이유는 무엇인가요?

　　"잘 생각해 보십시오. 당신이 나가고 10분쯤
　　뒤에 돈을 계산해 보니 100루블짜리 지폐 한
　　장이 없어졌습니다. 나는 소냐 양의 딱한
　　처지를 잘 이해하고 있으니 마음놓으세요.
　　모두 용서할 테니 정직하게 말해 주십시오."

　　1) 소냐가 자신의 말처럼 행실이 나쁜 여자라는 것을 증명하려고

　　2) 소냐가 자기를 깔보는 것에 앙심을 품어서

3) 소냐를 감옥에 보내 라스콜리니코프와 결혼을 못 하게 하려고

4) 소냐를 감옥에 보내고 가족들을 뿔뿔이 흩어지게 하려고

5) 소냐의 남은 재산까지 빼앗으려고

11. 루진이 두냐와 결혼하려고 한 까닭이 아닌 것은 무엇인가요?

1) 외모가 아름답기 때문에

2) 두냐가 자기보다 많이 배웠기 때문에

3) 교양 있고 마음씨도 착하기 때문에

4) 두냐의 오빠를 자기 사무실에 고용할 수 있기 때문에

5) 가난하기 때문에

12. 라주미힌이 두냐에게 함께 하자고 한 것은 어떤 일인가요?

1) 서점   2) 기숙 학교   3) 출판사

4) 보석상   5) 빈민 구제 후원회

13. 스비드리가일로프가 두냐에게 다음과 같이 말한 이유는 무엇인가요?

"두냐! 오빠를 구해 냅시다. 당신만
허락한다면 그를 외국으로 데려가겠습니다.
내게는 돈과 친구가 많으니까 사흘 안에
우리 모두의 여권을 구할 수 있을 것입니다."

1) 예전에 신세졌던 일을 갚을 기회이기 때문에

2) 자기의 돈과 권력을 두냐 앞에서 과시하기 위해서

3) 외국으로 도망간 뒤 라스콜리니코프의 약점을 잡고 평생 이용해 먹으려고

4) 라스콜리니코프를 도와 주면 두냐가 자기와 결혼해 줄 것 같아서

5) 라스콜리니코프를 진심으로 존경하기 때문에

14. 라스콜리니코프가 감형된 이유는 무엇인가요?

1) 가능성이 많은 젊은이였기 때문에

2) 자수했기 때문에

3) 홀로 남은 어머니가 너무 늙어 혼자 생활할 수 없기 때문에

4) 자신의 죄를 진심으로 뉘우치기 때문에

5) 전당포 할머니의 가족들이 탄원서를 냈기 때문에

15. 다음은 라스콜리니코프의 동료 죄수들이 한 말입니다. 이 말은 누구에게 한 말일까요?

> "소냐, 당신은 우리들의 어머니예요. 상냥하고 인정 많은 우리의 어머니라고요!"

1) 두냐의 어머니에게

2) 라스콜리니코프의 어머니에게

3) 소냐에게

4) 하느님에게

5) 두냐에게

● 논리 능력 Level Up!

1. 이 작품이 쓰여졌던 당시의 러시아 사회는 어떤 모습이었는지 조사해서 써 보세요.

2. 라스콜리니코프는 전당포 주인 할머니를 가리켜 다음과 같이 표현했습니다. 그가 표현한 사람은 어떤 사람을 말하는 것일까요? 그리고 정말 그런 사람이 있을까요?

> "나는 다만 '이'를 한 마리 죽였을 뿐이에요. 아무런 쓸모도 없고, 추하고, 해만 끼치는 '이' 말입니다!"

3. 다음은 포르피리가 라스콜리니코프에게 한 말입니다. 라스콜리
   니코프는 밑줄 친 것이 뜻하는 것이 무엇이라고 생각했나요? 또
   여러분은 밑줄 친 것이 무엇을 뜻한다고 생각하는지 써 보세요.

"그런데 참, 저는 얼마 전에 잡지에 실린 당신
논문을 읽었습니다. 당신은 '미래의 지배자'는
정의를 위해서라면 살인을 해도 된다고
쓰셨던데 정말 그렇게 생각하십니까?"

4. 이 작품 속에는 두냐를 잊지 못해 괴로워하는 스비드리가일로프
   의 사랑과 라스콜리니코프를 감옥까지 쫓아가는 소녀의 사랑이
   나옵니다. 이 두 가지의 사랑은 서로 어떻게 다른지 써 보세요.
   그리고 진정한 '사랑'은 어떤 것인지도 함께 써 보세요.

5. 소냐는 라스콜리니코프의 사랑을 확인한 날 밤 다음과 같이 생각합니다. 이것이 뜻하는 것은 무엇일까요? 또 이 말이 주는 교훈은 무엇인지 생각해 보세요.

'7년, 겨우 7년 남았어! 7년은 7일밖에 되지 않아.'

_____

_____

6. '죄', '벌', '사랑'이라는 낱말을 넣어 짧은글 짓기를 해 보세요.

_____

_____

_____

7. 라스콜리니코프는 소냐에게 '쓸데없는 일로 자기 자신을 죽인 죄인'이라고 말합니다. 라스콜리니코프는 왜 그렇게 말했을까요?

_____

_____

_____

_____

8. 다음은 라스콜리니코프와 어머니가 나눈 대화입니다. 이 글을 읽고 밑줄 친 것이 뜻하는 것이 무엇인지 써 보세요.

> 어머니 얼굴은 슬픔으로 가득 찼다. 이미 아들의 일을 알고 있는 듯했다.
> "아주 먼 곳으로 가니?"
> "네, 아주 먼 곳이에요."
> "영원히 이별하는 것은 아니지?"
> "그럼요. 다시 올게요. 어머니! 안녕히 계세요."

9. 감옥에 갇힌 라스콜리니코프가 일을 나갔다가 유목민의 모습을 보고 깨달은 것은 무엇인가요?

10. 만약 라스콜리니코프가 자수하지 않고 도망쳤다면 이야기는 어떻게 되었을까요? 상상해서 써 보세요.

● 논술 능력 Level Up!

1. 두냐는 오빠를 위해 사랑하지도 않는 사람과 결혼을 하려고 합니다. 이런 두냐의 행동은 과연 바람직한 것일까요? 여러분이 두냐라면 어떻게 했을지 써 보세요.

2. 소냐는 라스콜리니코프가 살인을 저지른 것은 악마의 유혹을 받았기 때문이라고 말합니다. 여러분도 '악마의 유혹'을 받은 적이 있나요? 여러분은 그 때 어떻게 행동했나요? 「악마의 유혹과 자유 의지」라는 제목으로 주장을 펴는 글을 써 보세요.

3. 스비드리가일로프는 이룰 수 없는 사랑 때문에 다음과 같이 행동합니다. 만약 스비드리가일로프가 옆에 있다면 여러분은 뭐라고 말해 줄지 써 보세요.

스비드리가일로프는 채권 다발을 놓고 방을 나왔다. 소냐는 우두커니 스비드리가일로프를 바라보기만 했다. 그의 알 수 없는 행동에 그저 고개만 갸웃거렸다. 스비드리가일로프는 그 이튿날 새벽, 강가의 망루 밑에서 자신의 머리에 권총을 들이대고 방아쇠를 당겼다.

4. 라스콜리니코프는 어머니가 어렵게 구해서 보내 주신 돈을 몽땅 마르멜라도프의 장례 비용으로 내놓습니다. 이웃을 돕는 올바른 방법은 어떤 것인지 생각하면서 라스콜리니코프의 행동에 대해 비평해 보세요.

 풀이

이해 능력 Level Up!

1. 2)	2. 1)	3. 3)	4. 1)	5. 5)
6. 4)	7. 5)	8. 5)	9. 3)	10. 1)
11. 4)	12. 3)	13. 4)	14. 2)	15. 3)

논리 능력 Level Up!

1. 예시 : 이 작품이 발표된 것은 1866년이었다. 러시아는 1861년 농노 해방이 이루어져 수많은 농민들이 새로운 직업을 얻으려고 도시로 몰려들었다. 따라서 그 당시의 러시아는 실업 문제는 물론, 도시의 주택, 위생 문제 등 심각한 사회 문제가 생겨 혼란스러운 시기였다.

2. 예시 : '이'는 사람이나 가축의 몸에 붙어 사는 흡혈 기생충으로, 발진티푸스·참호열 등을 옮긴다. 라스콜리니코프가 말하는 '이'와 같은 사람이란 아무런 쓸모도 없고, 추하고, 해만 끼치는 사람을 가리킨다. 그는 전당포 할머니가 인정도 없고, 사람들한테 높은 이자를 받는 등 돈만 알기 때문에 '이'와 같다고 한 것이다. 그러나 이 세상에 아무 쓸모도 없는 사람은 없다고 생각한다. 저마다 태어난 이유가 있고, 모두 소중한 생명이다.

3. 예시 : 라스콜리니코프가 말하는 '미래의 지배자'란 '평범한 사람들을 위해 법을 만들고, 또 자신의 뜻을 이루기 위해서라면 장애물을 제거하기 위해 살인도 저지를 수 있는 사람'을 말한다. 그러나 이런 사람이 진정한 미래의 지배자는 아니다. 미래의 지배자란 자신을 희생해서 다른 사람을 위해 일하는 사람이라고 생각한다.

4. 예시 : 스비드리가일로프의 사랑은 사랑하는 사람이 진정 원하

는 것이 무엇인지 전혀 배려하지 않고 자기 감정만 생각하는 편협한 사랑이다. 그러나 소냐의 사랑은 철저한 자기 희생을 통해 사랑하는 사람을 바른길로 인도하려는 숭고한 사랑이다. 진정한 사랑에 가까운 것은 소냐의 사랑인 듯하다.

5. 7년이라는 감옥 생활은 고통스러우며 힘들고 긴 시간이지만 소냐는 라스콜리니코프와의 사랑을 통한 삶의 희망이 있기 때문에 7일처럼 짧게 느끼며 참고 견딜 수 있다는 뜻이다. 이 말이 주는 교훈은 희망을 가지면 무엇이든 참고 이겨 낼 수 있다는 것이다.

6. 예시 : 죄를 지은 사람에게는 벌을 주기보다 더 큰 사랑으로 용서해 주는 것이 좋다.

7. 라스콜리니코프는, '소냐가 가족의 생계를 위해 자기 자신을 돌보지 않고 절대로 하고 싶지 않았던 일, 즉 거리에 나가 웃음을 파는 일로 자신을 망쳐 버렸다.' 라고 생각하기 때문에 그렇게 말한 것이다.

8. 감옥살이를 해야 하는 시베리아

9. 자유의 소중함

10. 예시 : 라스콜리니코프가 도망을 쳤다면 소냐를 데리고 먼 곳으로 갔을 테지만, 끝내 잡혔을 것이다. 만일 잡히지 않았더라도 늘 불안한 마음으로 살아야 하기 때문에 행복하게 살 수는 없었을 것이다. 죄를 지으면 어떤 식으로든 벌을 받게 마련이기 때문이다.

논술 능력 Level Up!

1. 예시 : 누군가를 위해 자신을 희생하는 일은 아주 큰 사랑이 없으면 할 수 없는 일이다. 하지만 사랑하지 않는 사람과 억지로 결혼하는 것은 옳지 않은 일이다. 자신도, 상대도 불행하기 때문이

다. 또 라스콜리니코프도 행복하게 여기지 않았을 것이다. 내가 두냐라면 절대로 그렇게 행동하지 않을 것이다.

2. 예시 : 사람의 마음은 어떤 달콤한 유혹에 쉽게 흔들리곤 한다. 하지만 사람에게는 자기 행동을 스스로 결정할 수 있는 자유 의지가 있기 때문에 유혹을 뿌리치고 바르게 행동할 수 있다. 나쁜 짓을 하거나 좋은 일을 하는 것은 모두 나 스스로의 결정에 따른 것이기 때문에 우리의 삶은 더욱 가치 있는 것이다.

3. 예시 : 자살은 자기의 삶을 포기하는 것이다. 누구에게나 시련은 있다. 그러나 그 시련에 걸려 넘어지는 사람은 그저 실패할 수밖에 없지만 그 시련을 딛고 일어서면, 보다 더 가치 있고 빛나는 삶을 이루어 낼 수 있다. 어떤 상황이라도 절대 포기해서는 안 되는 것이 고귀한 생명이다.

4. 예시 : 자신도 굶을 정도로 가난한데도 가진 돈을 전부 어려운 사람에게 준다면 그는 사람들로부터 아주 어리석은 짓을 했다고 손가락질받을지도 모른다. 하지만 그가 준 몇 푼의 돈이 그 사람에게 새로운 삶의 의지를 불태우는 작은 씨앗이 되었다면, 그가 준 것은 동전 몇 개가 아니라 생명을 살리는 고귀한 힘을 준 것이다. 우리는 이웃을 도울 때 그저 동정심이 아니라 다시 일어날 수 있는 힘을 준다는 생각으로 도와 줘야 한다.

초등권장도서 세계 명작 시리즈

※효리원 세계 명작 시리즈는 계속 발간됩니다!